快感トラップ

藤崎 都

13325

角川ルビー文庫

CONTENTS

u・c・t・i・o・n・・・

★日高×忍のお話は『恋愛トラップ』&『欲情トラップ』で読めます!

Introd

篠原冬弥《しのはら　とうや》

大学2年生。日高の元恋人。綺麗で身勝手に見えるが、実は寂しがりや。色々あって今まで特定な相手を作ってこなかったが、芹沢と出会い…?

芹沢一志《せりざわ　かずし》

28歳。個人事務所を立ち上げたばかりの若手弁護士。
他人に対して容赦ない面も持ち合わせているが、純情な一面もあって…?

★芹沢×冬弥の出会い編は『挑発トラップ』で読めます!

口絵・本文イラスト／蓮川　愛

快感トラップ

Kaikan Trap

1

梅雨《つゆ》の合間の久々の晴天。

白い雲が散った青空は、気持ちがいいほどに澄《す》み渡《わた》っている。

「篠原《しのはら》やっぱり今日の飲みはダメなわけ？」

「ごめん、ちょっと野暮用《やぼよう》ができちゃったんだよ」

「そっか仕方ないよな。今度は付き合えよ？　じゃーな篠原」

「うん、またね」

午後の授業が終わったばかりの俺、篠原冬弥《とうや》は校舎の前で友達と手を振《ふ》って別れたあと、人の流れに逆らって歩き出した。

いくつか他学部の校舎の前を通り過ぎ、細い階段を下りきると、守衛すら立っていない裏門が見えてくる。

「――あの馬鹿《ばか》…」

門のすぐ傍《かたわ》らに停《と》まる車を見つけた俺は、思わずボソリと呟《つぶや》いてしまう。

ことさらゆっくりと近づくと、車の窓を開けて煙草《たばこ》を吸っていた男が、俺に気付いて声を掛《か》けてきた。

「遅《おそ》かったな、冬弥」

遅いって……。

経済学部の校舎からこの裏門まで、どれだけ離《はな》れてると思ってるんだこいつは…？

俺はさっきまで友達に向けていた人の好《よ》い笑顔《えがお》を綺麗《きれい》さっぱりと消し、苛立《いらだ》ちで今にも引き攣《つ》りそうな表情を露《あらわ》にする。

「……待ってなくていいって、云《い》わなかったっけ？」

確か昼に大学まで送ってもらったときに、そう云っておいたはずだ。

なのに、今日最後の授業が終わった途端《とたん》、見計らったかのようにして、呼び出しの電話なんか掛けてきやがって……。

『――冬弥、今日はこれで授業終わりだろう？』

『それが？』

『裏門に車を停めているから早く来い』

『何考えてるんだよ。今日は先に帰れって……』

『待ってる』

『え？　ちょと待って…っ』

『――――』

そうして一方的に通話を切られた俺の心は、さっきからこの男への憎《にく》しみで一杯《いっぱい》だった。

一体、俺の話のどこを聞いていたんだか……。

男はゆっくりと煙《けむ》りを吐《は》き出したあと、灰皿に吸い差しを捩《ね》じ込みながら返してくる。

「待ってなくていいとは云われたが、待つなとは云われてないからな」

――この、減らず口。

俺は無言でその無愛想な横顔を、思いっきりねめつけてやった。

意志の強い光を宿した切れ長の目に、すっと通った鼻梁《びりょう》。

髪《かみ》はきっちりとセットされ、見るからに吊《つ》るしではない仕立てのいいスーツに体格のいい身を包んだその姿は、寸分の隙《すき》すら窺《うかが》わせない。

男の名前は、芹沢一志《せりざわかずし》――。

副業でウチの大学の講師もしている、個人事務所を立ち上げたばかりの若手弁護士だ。

自分勝手で傲慢《ごうまん》で、性格だってまったくよろしくない。

それなのに、この男と俺の関係は、世間的に云うと『恋人同士《こいびと》』だったりする……。

「仕事忙《いそが》しいくせに。俺に構ってる暇《ひま》なんてないんじゃないの、芹沢さん？」

「……少しは喜んで見せたらどうだ」

「なんで、俺がわざわざ喜んで見せなくちゃいけないんだよ。それより事務所のほうはいいわけ？　どうせまた寝《ね》てないんだろ」

断じて心配をしてるわけじゃないけど、芹沢の仕事が忙しいのは事実だ。

この春に個人事務所を開業してから引っ切りなしに入る依頼《いらい》のせいで、芹沢はここのところずっと、休みなしの日々を過ごしている。

確かにこの繁盛《はんじょう》っぷりを見ていると、芹沢はやり手なんだろうとは思う。だけど、最近はその忙しさも、半分は自業自得《じごう》なんじゃないかと俺は感じていた。

だってこの男は、どんなに忙しくても一度受けた仕事には全力を尽《つ》くしてしまうのだ。それも大小関係なく。きっと半端《はんぱ》な仕事は絶対にしていない。

当たり前のことなのかもしれないけれど、芹沢の場合やりすぎだ。

おまけにその調子で、本業よりも全然お金にならないだろう講師の仕事だって、恩師への義理だか何だか知らないけど『途中《とちゅう》で辞《や》めるわけにはいかない』なんて云いやがる。

ちょっとは手を抜《ぬ》くことを知ればいいのに、硬派《こうは》な外見そのままに頭まで固いんだからタチが悪いよな……本当……。

「やけに心配してくれるんだな」

「そんなんじゃない！　あのね……俺にも予定ってものがあるんだよ！」

今日は友達と飲みに行く約束があるって散々朝から云っていたはずなのに、突然《とつぜん》無茶な電話なんか掛けてきてたせいで、結局断るはめになったじゃないか！

どうしてこいつはこうも自分勝手なんだろう？

「それでも、お前は来たじゃないか」

「……っ」

ムカつく。

まるで、来るのが当たり前みたいに云《い》わないで欲《ほ》しい。

「御託《ごたく》はいいから、さっさと乗れ。時間の無駄《むだ》だ」

「…………」

傲慢にもほどがある——そう云って、踵《きびす》を返して行ってしまいたいところだけど、呼び出されてのこのこ来てしまったのは事実だ。何を云っても弁解にならない。

勝てない勝負に挑《いど》むなんて、それこそ時間の無駄。そもそも、弁護士相手に口で勝とうっていうのが間違《まちが》ってるんだよな……。

俺はため息を一つ吐くと助手席へと無造作に乗り込み、既《すで》に指定席となった座席に当たり前のようにして体を預けた。

「それで、わざわざ何？」

余計な時間なんかまったくないはずだというのに、芹沢はこうして自分の講義があった日は必ず俺の授業が終わるのを待っている。

送り迎《むか》えしてもらえるのは楽でいいけど、仕事の邪魔《じゃま》してるみたいで嫌《いや》だから、こうして友達との約束をいれたりしてるっていうのに、こいつは俺の気持ちなんか全然わかってない。

待つ時間があったら、先に帰って仕事したほうが建設的だと思うのは俺だけなわけ？

「会いたくなきゃ、時間なんか作らない」

「何云ってんの。今日だって、昼まで一緒《いっしょ》だったような気がするけど？」

「……それとこれとは違《ちが》う」

明らかにムッとした様子を見せる芹沢に、俺は首を傾《かし》げる。

「どこが違うわけ？　ほぼ毎日、あんたのマンションに泊《と》まってるだろ。まあ、顔を合わせてるのは専《もっぱ》ら……ベッドの中ばかりだけど」

忙しいからと云って会っていないわけじゃない。どちらかと云えば、自分の家にいるほうが少ないんじゃないかと思うくらい、俺は芹沢と一緒にいる。

でもそれは、別に毎日芹沢に会わなくちゃ気が済まないってわけじゃなく、こいつの家に俺の最愛のユキ（生後半年くらいの仔猫《こねこ》だ）がいるからだ。

だって、数ヶ月前の雪の夜、寒空の下に捨てられていた彼女《ユキ》を、最初に見つけたのは俺なんだから――。

『君は飼わないのか？』

『飼いたいけど、ウチじゃ無理……。だから、せめて飼い主が見つかるまで一緒に待ってようと思ってさ』

『だったら、俺が飼おう』

『え？』

『俺が飼い主になれば、その仔猫も君も風邪《かぜ》をひかなくて済むんだろう？』

そう云《い》って、諸々《もろもろ》の事情で飼えない俺から、ユキを引き取ってくれたのが芹沢だった。だから芹沢と俺が付き合うことになったのは、ユキがきっかけと云っても過言じゃない。

それから今に至るまでには、監禁《かんきん》されたり誘拐《ゆうかい》されたり襲《おそ》われたり、かなり色々ありはしたけどね……。

「だからそれは……。まあいい、車を出すからシートベルトを締《し》めておけ」

芹沢は云おうとした何かを途中で飲み込むと、車のエンジンを掛《か》ける。

――また、芹沢のマンションかな？

今日で四日目かぁ…いつも二、三日ってところだから、今回はちょっと長いかもしれない。

最近は勝手に買い揃《そろ》える芹沢のせいで、芹沢のマンションにも生活に不便がないほどには色んな物が揃っちゃってはいるけれど、さすがにもうそろそろ家に帰らないとダメだよな……。

ぼんやりとそんなことを考えているうちに、車は滑《すべ》るようにして走り出す。だけど俺は、すぐに思わぬ方向へと進んだことに気が付いた。

「どっか寄るの？」

これって、俺のマンションとも芹沢のマンションとも方向が違《ちが》う気がするんだけど。

一体、どこへ向かってるわけ？

「……本気でわからないのか？」

尋《たず》ねてみた俺に、芹沢は真顔で訊《き》き返してきた。

「何が？」

何も云われてないんだから、わかるわけないだろう。

呆《あき》れたような口調がカチンと引っ掛かる。

「わざわざ待ってたんだぞ。デートに決まってるだろ」

「………は？」

――デート。

まさか、芹沢の口からそんな単語を聞くことになるとは思ってもみなかった。

けど、このところ会うのは芹沢の家でばかりだったし、出掛けるのも億劫《おっくう》で外に食事にすら行ってなかったから、こうやって二人で出掛けるのは久しぶりかもしれない。

今まで付き合った相手の中には、俺を連れ回すのが好きな奴《やつ》もいたけれど、付き合い始めてもう少しで三ヶ月も過ぎようというのに芹沢と出掛けたのはまだ数えるほどだ。

行きつけのバーが数回と、ホテルが一回。あとは大学とマンションとの往復くらい？

他《ほか》の場所には、ほとんど行ったことがない気がする。

「嫌だなんて言葉は聞かないからな」

云ってから照れくさくでもなったのか、芹沢はわざと露悪《ろあく》的に云う。

デートね。

まあ、こういうのも悪くないか。

「そんな野暮《やぼ》なことは云わないよ。——それで、どこに連れていってくれるわけ？」

あんまり憎《にく》まれ口ばかり叩《たた》いているのも可哀想《かわいそう》だし。たまには大人しく、芹沢の云うことでも聞いてやろうかな。

そう云い訳めいたことを思いつつも、何となく気持ちが浮《う》き立ち始めた自分に、俺は内心でひっそりと苦笑《くしよう》したのだった。

高速道路を降りたあとは海岸沿いを走り、空がオレンジ色に染まり掛けた頃《ころ》に着いた先は、芹沢の選択《せんたく》にしては随分《ずいぶん》とカジュアルなレストランだった。

ドライブも兼《か》ねていたのか、意外に遠くまで連れてこられた気がする。

でもこんなレストラン、芹沢の守備範囲《はんい》とは到底《とうてい》思えない……ということは、俺を連れてくるためにわざわざ調べたんだろうか？

想像してみると、何だか気恥《きは》ずかしくて笑えてくる。

それに食事は美味《おい》しかったし、出されたワインもまあまあで。窓際《まどぎわ》から望める夜景も良くって、俺的にはかなり大満足だった。

「ごちそーさま」

食事を終えて外に出てみると、空気が少し肌寒《はださむ》く感じた。

「相変わらず、よく食ってたな」

「そう？　成人男子として普通《ふつう》だと思うけど」

俺の食べっぷりは、見掛けによらないとはよく云われる。色白で細身の外見からすると、食が細い印象があるのだろう。

時折イメージと違《ちが》うなんて勝手に幻滅《げんめつ》する奴もいるけれど、生憎《あいにく》、肌《はだ》が白いのも食べても太り難《にく》いのも体質だし、大人しくてか弱く見える雰囲気《ふんいき》や、この女顔だって生まれつきだ。

「何だよ、文句あるとか？」

「いや、たくさん食ってくれたほうが、見ていて気持ちがいい」

「ご馳走《ちそう》になるのに、残すほうが失礼だろ。それにあんなに頼《たの》んだのは誰《だれ》だと――……っ」

不意に潮風が強く吹《ふ》きつける。日が落ちてから出てきた風は、微《かす》かに潮の香《かお》りがした。

もう春先だっていうのに夜は冷えるもんだな。海沿いのせいかな？

薄着《うすぎ》の腕《うで》を思わずさすると、そんな俺に芹沢は、無言でスーツのジャケットを脱《ぬ》いで手渡《てわた》してくる。

「何これ？」

「寒いんだろう？　それを着てここで待ってろ。車を回してくる」

そう云うと芹沢は返事を待たずに、さっさと駐車場《ちゅうしゃじょう》へ行ってしまった。

「あ…」

――また、やられた…。絶対に顔が赤くなってるよ…俺……。

無骨で自分勝手で傲慢《ごうまん》なくせに、たまにこうやって優《やさ》しさを見せる芹沢。

今まで付き合った相手は例外なく俺の機嫌《きげん》を取ろうとしてあれこれしてくれたけど、芹沢の場合ちょっと違《ちが》った。

あまりにサラリと与《あた》えられる無意識としか思えないそれは、思わずこちらが恥《は》ずかしくなるほどで。俺はその度《たび》に気にしないふりをするのに必死になってしまう。

どうして芹沢が相手だと、こうも慣れないのかな…?

他人に優しくされるのなんて、俺にとっては当たり前のことだったじゃないか…。

「…本当に、どうして……」

俺は芹沢とこんな関係になるまで、特定の相手を作ったことがなかった。

相手を一人に絞《しぼ》るなんて面倒《めんどう》なことはごめん。他人にのめり込むなんて冗談《じょうだん》じゃない。そのときが楽しくて気持ちよければそれでいい。

そう思っていたから。

気に入ればすぐに寝《ね》たし、誘《さそ》われれば言葉にできない恥ずかしいこともいくらでもした。

なのに今じゃ、ジャケット一枚手渡されたくらいで心臓をバクバクさせている俺……。

――情けない…。

こんなことでいちいち意識しているなんて知られたら、きっと芹沢に馬鹿《ばか》にされる。顔を赤くしてるなんてバレるわけにはいかないから、何でもないように振《ふ》る舞《ま》わないと。

レストランの入り口に残された俺は、気持ちを落ち着かせるために深呼吸を一つしてから、とりあえず手渡されたジャケットを肩《かた》に羽織った。

「……あ……」

その途端《とたん》、鼻先を掠《かす》めたのは嗅《か》ぎ慣れた芹沢の体臭《たいしゅう》。

ふっと蘇《よみがえ》る抱《だ》きしめられたときの感覚に、俺は思わずドキリとする。

俺がいるところではあまり吸わない煙草《たばこ》の匂《にお》いが、それには微かに混じっていた。

「さすがに意識し過ぎだって」

何なんだ、この乙女《おとめ》ちっくな思考回路は……。

デートだなんて珍《めずら》しいことを云い出した芹沢に、思考が毒されてしまったんだろうか？

すると、ぼんやりとそんなことを考えていた俺を、どこからか呼び掛ける声が聞こえてきた。

「――冬弥…？」

「？」

空耳だろうか？

でも今、確かに『冬弥』と名前を呼ばれた気がする。

不思議に思いながら振り返ると、そこには俺よりもいくつか年上の男が立っていた。

「やっぱり冬弥だ……！　久しぶりだな」

「……森脇《もりわき》さん？」

俺はその見知った顔に、少しだけ目を見張る。

昔、少しだけ付き合ったことのある男だ。ええと、高校二年の頃《ころ》だっけ？

俺がすぐに飽《あ》きてしまったことと彼が就職して忙《いそが》しくなったタイミングが重なって別れたあと、すっかり疎遠《そえん》になったけれど、後腐《あとくさ》れのない相手だったから辛《かろ》うじて顔と名前は覚えている。

「冬弥、俺のこと覚えててくれたんだ？」

「そんなに忘れっぽくないですよ」

「元気そうだな。それにますます美人になったんじゃないか？」

「森脇さんもお元気そうで。何だか落ち着いちゃった感じですね」

三年も経《た》っているせいか、何となく一緒《いっしょ》に遊んでいた頃の軽薄《けいはく》さがなくなってるような気がする。女も男も見境なく適当に遊んで楽しむ、大学時代のこの人は俺と同類だったはずだ。

俺に負けず劣《おと》らず遊び回っていたくせに、もしかして、心根《こころね》を入れ替《か》えて真面目《まじめ》にでもなったわけ？

「お前のほうは、相変わらずずっぽいな」

「え…？」

ああ、芹沢と一緒にいたところを見られてたってことか……。俺が男も女も手当たり次第《しだい》だったのは、顔見知りの間では周知の事実だったもんな。

今はあいつとしか付き合ってないし、当面別れるつもりも浮気《うわき》するつもりもないなんて、きっと、そんなふうに云《い》ったら驚《おどろ》かれるんだろうなあ。

だけどそんなこと敢《あ》えて云うこともないと判断し、俺は笑って誤魔化《ごまか》した。ついでに話題を変えてしまえと、自分から男の近況《きんきょう》を尋《たず》ねてみる。

「森脇さんこそ、最近どうしてるんですか？」

「俺、この春に結婚《けっこん》したんだ」

「えっ」

返ってきた言葉に、俺は素直《すなお》に驚いた。

雰囲気《ふんいき》が変わったとは思ったけど、まさか結婚してるだなんて……。

「それはおめでとうございます。じゃあ、今日は奥さんと？」

「ああ、今日は誕生日だからって、こんな高い店に連れてこさせられたんだよ」

うんざりとした口調を装《よそお》いつつも、どこか嬉《うれ》しそうな様子を隠《かく》しきれていない森脇のその様子に、俺は思わず声を出して笑ってしまった。

「だったら、俺のところに来てる場合じゃないでしょう？」

奥さんを放《ほう》って俺と立ち話なんかして、機嫌を損《そこ》ねられたらどうするんだか。

からかうように云ってやると、男は照れ笑いを浮《う》かべた。

「そうなんだけど、懐《なつ》かしかったからつい。それにこんな偶然《ぐうぜん》でもなかったら、もう会うこともないだろ？」

「そう、ですね…」

確かに彼の云う通り、生活のフィールドが変わってしまっては、二度と偶然に出会う機会などきっとないだろう。

それにしてもよくこんな偶然があったものだと感心していると、森脇が俺の顔をじっと見つめているのに気が付いた。まるで観察するかのように眺《なが》められ、慣れていることとはいえ、その居心地《いごこち》の悪さに俺は苦笑《くしょう》してしまう。

「俺の顔に何かついてますか？」

「いや。お前、昔よりいい顔してるなーと思って。年相応になってきたって云うか。お前って若い癖《くせ》に厭世《えんせい》的だっただろ。ヘンに冷めてたって云うか。何か、空気が丸くなった気がする」

「酷《ひど》い云い様だなあ。それじゃ、まるで俺が冷血漢だったみたいに聞こえるんですけど」

「あながち外れてもいないだろ。ホント、興味ない相手には冷たかったもんな。——そうだな、今のほうが幸せそうに見えるよ」

「……幸せ？」

俺が？

意外な感想に一瞬《いっしゅん》目を丸くしてしまったが、すぐに自分を取り戻《もど》し、俺は森脇に向かってニッコリと微笑《ほほえ》む。

「何云ってるんですか、それは森脇さんのほうでしょう？　そろそろ戻らないと、奥さん待ってるんじゃないんですか？」

「そうだった。あんまり待たせると怒《おこ》られるしな。それじゃぁな」

「はい、じゃあ――お幸せに」

「冬弥も」

そう云って店の中へ戻っていく男を見送りながら、俺はぺたぺたと自分の顔を触《さわ》ってみた。

あの頃の俺の顔と、何が違《ちが》うんだ？

そう云えば森脇の顔つきだって変わっていた。勿論《もちろん》、彼の変化の理由は結婚だろう。

なら、俺は……？

「芹沢……？」

俺に変化をもたらした要因があるとしたら、それはあいつしかいない。

自問してみて、その答えが一つしかないことにすぐ気が付いた。

だけど――……。

「結婚、か……」

ふと俺は、口の中で呟《つぶや》いてみる。

芹沢とも、いつかああやって話す日が来るんだろうか？

ふとした偶然で再会して――『結婚する』と云《い》われるような日が。

「……っ」

そう思った瞬間《しゅんかん》、心臓がズキリと何かが突《つ》き刺《さ》さったような痛みを訴《うった》えた。

何だろう、この痛みは。

別に俺は当たり前のことを考えただけだ。

誰《だれ》と付き合うとしても、いつかは別れる日がやってくる。特に男同士では、尚更《なおさら》その可能性は高い。そんなの、わかりきったことじゃないか。

絶対とか一生とか、期待すれば終わりが来たときに受けるダメージが深い。

だから、あり得ないことは望まない。今が楽しければ、先のことなんか必要ない。

それが俺のスタンスだったじゃないか？

確かに、芹沢もいつかは普通《ふつう》の幸せを欲《ほっ》して誰かと『結婚』するかもしれない。だけど、まだ仮定でしかない先のことを、この俺が今から考えるなんてどうかしてる。

「――」

……でも、もしも。

その仮定が、本当に現実のものになってしまったら、俺は……？

不意に込み上げてきた不安が自分に与《あた》えたダメージに呆然《ぼうぜん》としていると、パァーッとけたたましいクラクションが鳴り響《ひび》いた。

「…っ！」

――芹沢…。

俺は芹沢の車に近づくと、どんよりと陰《かげ》った気分を押し隠《かく》して助手席に乗り込む。

すると、途端《とたん》に芹沢が上機嫌《じょうきげん》とは云えない声で尋《たず》ねてきた。

「今の男は何だ？」

「……ただの知り合い」

「…………」

答えると『そうか』とも『本当に？』とも云わずに、芹沢は車を発進させる。

何で黙《だま》ってるわけ？

誤魔化《ごまか》したことを怒ったのだろうか？

それとも、わかっていて呆《あき》れているのだろうか？

どちらにしても、この重い沈黙《ちんもく》は何だよ。俺の答えが気に食わなきゃ、何か云ってくればいいじゃないか。

「何？　嫉妬《しっと》？」

「…………」

何も喋《しゃべ》ろうとしない態度をそう云ってまぜっ返すと、芹沢はいきなり車を左折させた。車は港のほうへと入り込み、人気がない場所で急停止する。

「わっ、ちょっ…いきなりどうし――」

勢いに傾《かし》いだ体をシートに押し付けられたかと思うと、その直後、俺は唇《くちびる》を塞《ふさ》がれていた。有無《うむ》を云わせない強引《ごういん》さで捩《ね》じ込まれた芹沢の舌が、口腔《こうこう》を舐《な》め回してくる。

「ん……ふ…っ……」

お前は俺のものだと云われでもしているかのような、乱暴な口づけ――。

いきなり何なの？

芹沢のあまりに衝動《しょうどう》的な行動に、俺は面喰《めんく》らった。

「……ぁ……んく……」

苛立《いらだ》ちをぶつけるようなキスにちょっとだけ怯《ひる》んでしまったのは事実だけど、この俺がされるがままになっているなんて冗談《じょうだん》じゃない。

見開いていた目を閉じた俺は、混じり合った唾液《だえき》をこくりと飲み込むと、芹沢の舌に自分のそれを絡《から》みつかせた。

「…っは、んぅ……」

いたずらに吸い上げると、仕返しのように舌先を痺《しび》れるほど強く吸われ甘噛《あまが》みされる。

じんとした微《かす》かな痛みが次第《しだい》に快感へと変わり、頭の芯《しん》から体が蕩《とろ》けていきそうになった。

たかがキスだけでこんなにも溺《おぼ》れてしまいそうになる相手は、芹沢だけ。

触《ふ》れられるだけで胸が震《ふる》えるのも、囁《ささや》きに体が甘く疼《うず》くのも、きっと。

「ん……ぁ……っ…」

遊び歩いていた頃《ころ》は、満たされるということを知らなかった。

次から次へと人肌《ひとはだ》を求め、囚《とら》われそうになっては自由を欲して逃《に》げ出して……。

あの頃は束縛《そくばく》されることをあんなにも嫌《きら》っていたのに、今じゃ芹沢の独占欲《どくせんよく》を垣間見《かいまみ》るだけで、心が高揚《こうよう》している自分がいる。

芹沢に感じる想《おも》いは、俺にとって何もかも初めてのことだった。

つまり悔《くや》しいけれど、そのくらいこいつにハマってしまったってことだろう。

「……ぁ……っんん…」

狭《せま》い車内に響くお互《たが》いの息遣《いきづか》いと濡《ぬ》れた音が官能を煽《あお》り立てる。

うっすらと目蓋《まぶた》を持ち上げると、視線までもが絡みついた。熱っぽく見つめると、零《こぼ》れる吐《と》息《いき》さえ奪《うば》うような貪欲《どんよく》さで口づけを深くされた。

――芹沢が、好き。

だけどこいつにだけは、伝えない。

口にしたが最後、きっと俺はその言葉に囚われて離《はな》れられなくなってしまうから。

いくら目や体がその感情を芹沢に伝えても、言葉にだけは絶対にしない。

「……あ……」

ゆっくりと離れていく唇を俺は視線で追うと、やがてその濡れた唇が言葉を刻む。

「――悪いか？　俺が嫉妬したら」

しばらく唇を引き結び沈黙を保っていた芹沢だったが、吐息が絡む距離《きょり》で憮然《ぶぜん》として告げてきたのはそんな言葉だった。

「え……？」

――嫉妬？

じゃあ……俺が云ったことは、図星だったわけ……？

「お前に触れたことがある奴《やつ》ら全員に妬《や》くくらい、俺は心の狭い人間なんだよ」

「な……」

どうして、こんなときに限ってそんなこと云うんだよ…っ。

普段《ふだん》なら『バカ云え』なんて云って、軽くあしらうくせに。こういうときばかり、まっすぐな言葉を与《あた》えないで欲《ほ》しい。

人が珍《めずら》しく不安になっていたのを狙《ねら》い澄《す》ましてたみたいに、言葉一つで胸を震わせてくるなんて狡《ずる》すぎる。

「どうしたの、今日は。何か、いつもと違《ちが》わない……？」

それでも俺は動揺《どうよう》を押し隠し、笑い飛ばしてやろうとした。なのに、芹沢はそれを許さなかった。

「俺はいつも通りだ。いや……嫉妬で少し自分を見失いそうになったか」

「……っっ」

芹沢は腕《うで》を伸《の》ばしてガクンとシートを倒《たお》すと、一緒《いっしょ》に倒れた俺の上にのしかかり、体の自由を奪《うば》ってくる。

体で感じる芹沢の重さと服越《ふくご》しの体温に、腰《こし》の奥がずくりと疼いた。

覚え込まされた条件反射、それと……一方的な期待感。

自分でも奔放《ほんぽう》な体だと自覚していたつもりなのに、芹沢にかかるとそんな生易しい言葉の範《はん》囲《い》に収まらないほど淫《みだ》らな自分を暴《あば》かれてしまう。

主導権も握《にぎ》れず、コントロールもできないまま、ただ貪欲に芹沢を欲するこの体。

だけど、自覚の範囲を超《こ》えた反応を返す自分に戸《と》惑《まど》いを覚えているということも、俺はまだ芹沢に隠《かく》したままだ。

「ちょっと大人げないんじゃない？」

動揺は収まってはいなかったけれど、俺は挑発《ちょうはつ》するような視線で見上げ、獰猛《どうもう》な眼差《まなざ》しを向ける芹沢の首筋にするりと指先を滑《すべ》らせてやる。

「そんなにがっつかなくたって逃げないよ？」

ちょっとだけ、煽ってやるくらいのつもりだった。

いくら人気がないとは云《い》え、誰《だれ》が通るかもわからない場所で、それも車の中でなど、普段《ふだん》の芹沢なら俺が誘《さそ》っても乗ってこない。

どれだけ衝動《しょうどう》的になっていても、こんな場所でならすぐに理性を取り戻《もど》すはずだ。

こいつが我に返ったときに、気まずい思いをさせてやれという軽い気持ちだったのに……。

「黙《だま》れ」

芹沢は苛立った様子でそう云って、再び噛《か》みつくようなキスをしてきた。

「ん……んん……っ」

一方的に嬲《なぶ》るようなキスは、俺の頭の中を掻《か》き乱す。反抗《はんこう》する隙《すき》も応《こた》える余裕《よゆう》も奪われて、じりじりと熱くなっていく体からは徐々《じょじょ》に力が抜《ぬ》けていった。

いつもは丁寧《ていねい》な指先も、今日は特に荒々《あらあら》しい。ボタンが弾《はじ》け飛びそうな手つきでシャツをはだけると、芹沢は薄闇《うすやみ》に晒《さら》された肌《はだ》を乱暴に愛撫《あいぶ》した。

「ぁ……ん、んぅ……っ……」

胸についた突起《とっき》を摘《つま》まれ強く捏《こ》ねられれば、痛覚と快感が同時に襲《おそ》ってくる。ぷつりと勃《た》ち上がった粒《つぶ》を押し潰《つぶ》され、元々感じやすいその場所はさらに鋭敏《えいびん》になった。

「っあ、……ぁあっ……！」

解放された唇《くちびる》からは、抑《おさ》えきれない嬌声《きょうせい》が上がってしまう。

その声の甘さに恥《は》ずかしくなりながらも、俺は自分を止められなくて。

「……冬弥」

「や……っ、ぁ……ん……ん──っ」

囁《ささや》きと共に耳の中に舌先が差し込まれると、くちゅりと濡《ぬ》れた音が生々しく鼓膜《こまく》に響《ひび》く。耳朶《みみたぶ》を嚙まれ、耳殻《じかく》を舌でなぞられ、それだけでゾクゾクと体が打ち震《ふる》えた。

聴覚《ちょうかく》を散々嬲ったあと、芹沢の唇は首筋を伝い、ねっとりと鎖骨《さこつ》を舐《な》めたかと思えば、今度は痛みを感じるほど強く歯を立ててくる。

「……っ、あ……っ」

ビクン、と跳《は》ねた体を押さえ込まれる。僅《わず》かに突《つ》き出すようになった胸に吸いつかれ、俺はその云い様もない感覚に身悶《みもだ》えた。

指先で捏ね回されたその場所は怖《こわ》いくらい感じ過ぎてしまう。

摘み上げられるのとは違《ちが》う甘嚙みの感触《かんしょく》に体をくねらせ、堪《たま》らず芹沢の髪《かみ》に指を差し込むと、愛撫にますます熱が籠《こも》った。

「あっ、あ……っ、ん、ダメ……やぁ……っ……」

「…………」

……何も云ってくれない……？

今日の芹沢は怖いくらいに無口だった。

それにさっきから、何か問い掛《か》けようとする度《たび》に唇を塞《ふさ》いで、その口づけで俺の意識を掻き乱す。

意図的としか思えないその行動に、俺は心の隅《すみ》が不安に蝕《むしば》まれ始めているのに気付く。

「何で……あ…」

問い掛けようとした矢先、今度は下肢《かし》を覆《おお》っていたものを全《すべ》て取り去られ、片足はダッシュボードの上、もう一方は芹沢の肩《かた》に乗せられた俺は言葉を失ってしまう。

いや、車の中でこの体勢じゃ確かにこうするしかないのかもしれないけど、あの堅物《かたぶつ》な芹沢が場所をわきまえずに、こんなことするなんて思いもしなかった……。

もし覗《のぞ》き込まれたりなんかしたら、どうするつもりなんだこいつ。

だけどそんな心配など知りもしない芹沢は、構わず俺の両足を大きく左右に開き、体を間に割り込ませると、指を二本、俺の口の中に押し込んできた。

「舐めろ」

「ん、く……っ」

舌を弄《もてあそ》ぼうとする指に吸いつき、その間をねっとりと舐め上げて唾液《だえき》を絡《から》ませる。舌の表面をざらりと擦《こす》られると、じわりと痺《しび》れる感触がした。

「はっ……ぁ……」

しばらくそうさせたのち、芹沢は俺に舐めさせた指で後ろを探《さぐ》り始めた。

唾液に濡れたそれは、キツい入り口を揉《も》み解《ほぐ》し、弛《ゆる》んだ隙をついて中へ入り込んでくる。

異物の侵入《しんにゅう》に内壁《ないへき》が締《し》まりはしたが、俺の体を知り尽《つ》くしたその指は、そんな些細《ささい》な抵抗《ていこう》などものともせずに、体内を掻き回してきた。

「ん、んん…っ、……っは、あ……」

体の内側の粘膜《ねんまく》がひくついてるのがわかる。含《ふく》まされた二本の指に絡みつき、浅い抜き差しの度にくちゅくちゅといやらしい音を立てた。

「やっ……ぁ、あ……っ」

それと同時に、芹沢は勃ち上がった中心にも手を伸《の》ばし、ゆるりと扱《しご》き始める。刺激《しげき》に耐《た》えきれず蜜《みつ》を溢《あふ》れさせすっかり濡れそぼったそれは、男の手の中で素直《すなお》に打ち震えた。

「は……やく……っ」

もう、待ちきれなかった。

飢《う》えた体はどこまでも貪欲《どんよく》だ。体内で渦巻《うずま》く熱が、明確な刺激を欲《ほっ》している。

この熱を鎮《しず》められるのは、それよりも熱い芹沢の欲望だけ。

焦《じ》らす指を持つ芹沢を泣きそうになりながら見上げると、一瞬《いっしゅん》だけその表情が曇《くも》ったように見えた。

「冬弥…」

「────え…」

今の顔は何だったんだろう…？

快感に歪《ゆが》んだときのそれではなくて、痛みを堪《こら》えるような苦しそうな表情。

「お前は……」

「な…に……？」

しかし、途切《とぎ》れた言葉の先が気になって問い掛けようとした途端《とたん》、すぐに訪《おとず》れた衝撃《しょうげき》で思考は霧散《むさん》した。

「あ…ぁああ…ッ！」

すぐに欲望をあてがわれ、押し込まれた圧倒《あっとう》的な質量に頭の中が真っ白になる。

容赦《ようしゃ》なく体内を焦《こ》がす熱い切っ先。

内臓を押し上げるような物凄《ものすご》い圧迫感《あっぱくかん》に、俺は息を飲んだ。

「あ、あっ……、んーっ！」

腰《こし》を抱《かか》え直され、力任せに引き寄せられる。狭《せま》い蕾《つぼみ》にずぶずぶと埋《う》まっていく感触に、ゾクリと四肢《しし》が震え、勃《た》ち上がった中心から自然と蜜が零《こぼ》れ落ちた。

「すご……熱……」

その熱さ、形、脈動。

全てを飲み込まされた器官に体中の神経が集中して、自分の中に今、芹沢の一部があるのだと実感する。

まだ解されきっていなかった蕾は、動かす隙間《すきま》なんてないほどに目一杯《いっぱい》押し拡《ひろ》げられ、芹沢の昂《たかぶ》りをぎゅうぎゅうと締めつけている。傷つかなかったことが奇跡《きせき》みたいだ。

なのに荒々《あらあら》しい揺《ゆ》さぶりは、馴染《なじ》むことを待たずに訪れた。

「あ……待っ…、きつ……ぁ、あ…ッ」

まるで責めるかのように腰を穿《うが》つ芹沢の激しい律動に俺は身悶《みもだ》える。抉《えぐ》るような突《つ》き上げに思わず反らせた胸を芹沢が舐《な》め上げると、更《さら》に全身を快感が走り抜《ぬ》けた。

「…っあ、ん、や…ぁ、あぁ……っ」

ガクガクと腰を揺さぶられる度に、体のどこかが車の中にぶつかる。

狭い車内での行為《こうい》のもどかしささえ興奮を煽《あお》り、体に強引《ごういん》に生み出されていく強烈《きょうれつ》な快感は、俺からなけなしの理性を奪《うば》い去っていく。

「あっ、あー…っ」

触《ふ》れてもらえない濡《ぬ》れた俺の先端《せんたん》が芹沢の服に擦《す》れ、その衝動《しょうどう》で内壁が締まった。

こんな不自由な場所で、全てを望むことが難しいことくらいわかってる……けど…。

「んっ、あ……く、ぁ…あッ……」

俺はちゃんとした刺激が欲《ほ》しくて、自分を求めてくる男の首に腕《うで》を絡ませると、責め立てられている腰を獣《けもの》のように自ら擦《す》り寄せる。

すると、ますます密着した体のせいで穿つ楔《くさび》の角度が変わり、望み通り芹沢の下腹に擦られた俺の昂りがヒクヒクと震《ふる》えた。

「ん、んー……っ！　ダ…メ…っ、あ……もっと…っ…」

体の内側を擦《こす》られるたとえようもない気持ちよさに、矛盾《むじゅん》した言葉が口をつく。

ぐちゃぐちゃと中を掻《か》き回すように腰を動かされ、柔《やわ》らかく蕩《とろ》けた内壁《ないへき》の粘膜は、淫《みだ》らに芹沢自身に絡《から》みついている。

乱れた体はこの男の目には、どう映っているんだろう？

無意識に縋《すが》るような視線を向けたら、小さな呟《つぶや》きが帰ってきた。

「……好きだ」

その一言で、全身を流れる血液が沸《わ》き立ち、頭の芯《しん》までが熱くなる。

——俺も、好き。

「冬弥…？」

「…………」

言葉を返さずにいると、激しさを増した律動に俺は感覚ごと揺さぶられた。

「や……ぁあっ、あー……っ」

「……っ…」

追い詰《つ》められ、逃《に》げ場を見失った瞬間《しゅんかん》、膨《ふく》らみきっていた熱が爆《は》ぜる。

同時に体の奥にも熱いものが注ぎ込まれるのを感じながら、俺は下腹を震わせて快感の余韻《よいん》を遣《や》り過ごす。

「……冬弥……」

芹沢は俺の名を呼びながら、優《やさ》しいキスを落としてくる。

「一志」

キスの合間に行為の間しか呼ばない名前を唇《くちびる》に乗せると、返事の代わりにまたキスされた。

……大丈夫《だいじょうぶ》。

こいつは俺のほうを向いてくれている。

好きだ、とも云《い》ってくれる。

——今は、まだ。

「まさか、こんな場所で最後までやるとは思わなかったよ」

ようやく服を整えた俺は窓を開けて、助手席のドアに寄り掛《か》かり外で煙草《たばこ》を吸っていた芹沢に声を掛けた。

「のってきたのは、どこの誰《だれ》だ」

「そりゃ、本気で嫌《いや》がるなんて不粋《ぶすい》でしょ」

本当は嫉妬《しっと》してくれたことが嬉《うれ》しかったからだなんて、死んでも云わない。

「ちょっとは可愛《かわい》げのある云い方ができないのか？」

「可愛いのがいいなら、他《ほか》をあたってくれる？」

「お前は……」

芹沢はまた云い掛けた言葉を飲み込んだ。

「何？」

「いや、いい」

そんな思わせぶりに云われたら、気になるじゃないか。一体、芹沢はさっきから何を云おうとしてるんだろう？

俺の性格じゃ、一度拒《こば》まれるとしつこく聞き出すことができないっていうのに…。

「――ウチに寄っていくだろう？」

くわえ煙草のまま運転席に戻《もど》ってきた芹沢は、エンジンを掛けながら訊《き》いてくる。

どうせ連れて行くくせに、わざわざそんなこと云ってくるし。

「どうしよっかなぁ。明日も大学あるし早く帰ろうかなぁ？」

天《あま》の邪鬼《じゃく》な俺は、ついそんなふうにはぐらかしてしまう。

「………ユキに会っていかないのか？」

「う…」

卑怯《ひきょう》だ、ユキを餌《えさ》にするなんて。

それにその誘《さそ》い方って、何かちょっと違《ちが》うだろ？

もっと一緒《いっしょ》にいたいからとか、いて欲しいとか、素直《すなお》に云えないわけ？

「そうだった。ユキに会って行かなくちゃね」

――って、俺だって人のことは云えないか。

答える返事も素直にはなりきれない。聞きたいことも素直に聞き出せない。

恋愛《れんあい》するには厄介《やっかい》なこの性格。

そして車は、胸の中に消化不良の思いを抱《かか》えたままの俺など知るよしもなく、闇《やみ》の中へと滑《すべ》り出したのだった。

2

午後からの授業だった俺は、芹沢が事務所へと出勤するついでに自分のマンションまで送ってもらうことにした。

芹沢の部屋から直接大学へ行ってもよかったんだけど、講義のテキストを自宅に置いたままだったし。それにたまには帰っておかなきゃ、あそこが本来自分が帰る場所なのだということを忘れてしまいそうだったから。

昨日だって本当はユキに会ったあとすぐに帰るつもりだったのに、結局泊《と》まることになっちゃったんだよね……。

帰ろうと玄関《げんかん》に向いた途端《とたん》、足に小さな黒い体がまとわりつき、身動きが取れなくなったところを芹沢に体ごと攫《さら》われて。

——気が付けば、朝までベッドで過ごすことになっていたというわけ。

ユキは目に入れても痛くないほど可愛《かわい》いけれど、たまに芹沢と示し合わせてるんじゃないかと疑《うたぐ》りたくなるときがある。

で、二人（?）の連携プレーに負けた俺は、悔《くや》しさのあまり芹沢に『ユキと一緒にいたい』とダダを捏《こ》ね、ユキを車に乗せてしまったのだ。

ほんのささやかな仕返しのつもりで。

「にゃー」

「ユキ、まだ眠《ねむ》たいの？」

撫《な》でてやると、膝《ひざ》の上でゴロゴロと喉《のど》を鳴らすユキ。

今からじゃ家に戻る時間もない芹沢は、仕事場に彼女を連れていく他《ほか》ないはずだ。

その取り合わせのミスマッチぶりを、アルバイトの事務の人にでも笑われればいいんだ。

「着いたぞ？」

マンションの前で車が停《と》まる。

電車では時間の掛かる道のりも、車での直線距離《きより》になるとあっという間だ。

「じゃあね、イイ子にしてるんだよ」

俺は膝の上で寝《ね》ていたユキを抱《だ》き上げると、んー、と顔を寄せてキスをする。

嬉《うれ》しそうに鳴く彼女の喉を撫でていると、そんな様子を黙《だま》って見ていた芹沢が、おもむろに俺の名前を呼んだ。

「冬弥」

やけに真剣《しんけん》な声音に、嫌《いや》な予感がする。

「何？『俺にもしろ』って？」

そうやって揶揄《からか》うように云《い》ってやったのに、芹沢は真面目《まじめ》な顔をしたまま俺を見つめた。

「――そろそろ俺のところに来ないか？」

「は？」

一瞬《いっしゅん》、思考が停止した。

ぱちぱちと瞬《まばた》きをしながら、俺は云われた言葉を頭の中で反芻《はんすう》する。

つまり『俺のところに来い』ということは……。

「一緒に暮らさないかって云ってるんだ」

「――」

嫌な予感……これは適中したと云ってもいいんだろうか？

「ずっと、云おうと思っていた」

「……何、バカなこと云ってるんだよ。冗談《じょうだん》なんか云ってないで、さっさと仕事行きなよ」

バクバクと緊張《きんちょう》に心臓が高鳴ってる。

俺はそれがバレないように平静を装《よそお》いながら、助手席の足元に置いてあったケージにユキを入れ、身を翻《ひるがえ》すようにして車を降りた。

ユキが驚《おどろ》かないよう気を付けて静かにドアを閉めると、今度はパワーウィンドウが下りる。

「冗談なんかじゃない。部屋だって余ってるし、お前だってウチにいることのほうが多いだろうが」

「それは、あんたが帰してくれないからでしょ」

しつこく続けられて、俺はうんざりとした口調を装って返す。

もう、これ以上聞きたくない…。

「返事はすぐじゃなくていい。ちゃんと考えておいてくれ」

「だから、俺はそんな気ないって云って――」

なのに言葉途中《とちゅう》で芹沢はさっさと窓を上げると、車を発進させてしまった。

「って、人の話は聞かないんだからなぁ、もう……」

呟《つぶや》きながら、走り去る車の後ろ姿にツキンと胸が微《かす》かに痛む。

引かれる後ろ髪《がみ》を振《ふ》りきって、俺は車が見えなくなる前に踵《きびす》を返すと、カバンの奥底から部屋の鍵《かぎ》を取り出しながら、マンションのエントランスに足を踏《ふ》み入れる。

大学生の一人暮らしには到底《とうてい》不似合いなこの豪華《ごうか》なマンションは、部屋数が少ないせいかあまり住人同士で顔を合わすことがない。

そういった状況《じょうきょう》は気に入っているけれど、俺がこんなところに住んでるのは、養育費を出している書類上の他人、そして血の繋《つな》がった父親の都合でしかなかった。

俺の母親は代議士であるその人の愛妾《あいしょう》で、俺は認知《にんち》されることのない隠《かく》し子だ。

昔のことを今更《いまさら》あれこれ云っても仕方ないから、普段《ふだん》は忘れたふりをしてるけど、何年経《た》ってもその事実は変わることはない。

だけど、このところあいつといるときだけは、本当に忘れていられた気がする……。

「——ただいま…」

誰《だれ》もいるはずのない部屋に向かって、呟いてみる。

このところ聞き慣れてしまっていた『おかえり』という低い声と、『にゃあ』という高い鳴き声が返ってこないことが、物足りなく思えて仕方なかった。

「誰もいないことなんて、当たり前のことなのに…ね」

数日ぶりに戻《もど》ってきた自室は、少し埃《ほこり》っぽいような気がした。

ブラインドを上げ、窓を開けると、柔《やわ》らかな朝の日射《ひざ》しが差し込んでくる。

「もう、五月だもんな……」

出逢《であ》ったときはあんなに寒かったのに、いつの間にかこんなにも暖かくなっていたなんて。

一緒《いっしょ》に過ごした時間を指折り数えて、俺は静かにため息をついた。

そうか……芹沢と付き合い始めてもう三ヶ月にもなるんだ…。

この俺が、よく飽《あ》きもせず一緒にいたもんだよな。

意識もせずに過ごしてきたけれど、今までの俺にしてみれば随分《ずいぶん》と珍《めずら》しいことだった。

短くて数日。平均で二、三ヶ月。長くて半年。

正直云って、俺はそれ以上長く他人と付き合ったためしがない。

大体において一緒に過ごす時間が多ければ多いほど、俺が飽きてしまうのだ。

おまけに、しつこくされればそれだけで冷めてしまうし。気が合わないとわかれば、後先考えずにその場でお終《しま》い、なんてこともザラにあった。

こんなに自分勝手で、俺もよく今まで刺《さ》されたりしないでこれたもんだよね。

「さすがにこの間は危なかったけど…ね」

俺は思い出して、苦笑いする。

確かに芹沢と出逢ったときに付き合っていた男は、かなりヤバかった。妄想《もうそう》気味で、勝手に夢を見て俺を監禁《かんきん》して。芹沢がいなければ刺されるくらいはしていたかもしれない。

だけど、こうして今も無事でいられるっていうことは、俺も悪運は強いほうなんだろう。

本当に芹沢も、よく呆《あき》れずにこんな俺と付き合ってるよな？

普通《ふつう》だったら愛想を尽《つ》かして、離《はな》れていってもおかしくはないと思うのに……？

ふと思い浮《う》かんだ可能性に、俺は弛《ゆる》んでいた顔を強張《こわば》らせる。

——そうだ…。

これまでは自分が飽きて相手から興味を失うことが多かったけど、その逆のことだってないとは云《い》いきれないんだ……。

今は『一緒に暮らそう』なんて云ってくれているけれど、それだっていつまで続くかわからない。もしかしたら、明日には心変わりをするかもしれない。

昨日会った森脇のように、普通の男だったらこれから先『結婚《けっこん》』の可能性だってある。そんなことになったら、真っ先に邪魔《じゃま》になるのは俺の存在だ。

昨日感じた漠然《ばくぜん》とした不安が、明確な形を持って俺の心に迫《せま》ってくる。

いつまでこうしていられる？

いやそれよりも、芹沢に『もう会わない』と云われたとき、俺は平常心を保っていられるのだろうか？

「……嫌《いや》だ」

自然とそんな言葉が口をついて出た。

こんなの俺らしくないってことは、自分でも充分《じゅうぶん》わかっている。

どんなに体の相性《あいしょう》が良くても条件が揃《そろ》っていても、いつだって気持ちが続かなくて、関係を放《ほう》り出していたのは俺のほう。

相手が離れていくことを恐《おそ》れたことなど、今まで一度もなかった。

なのに今は、飽きられることを恐れ、相手が離れていくことを想像するだけで、こんなにも不安に苛《さいな》まれる自分がいる。

——バカなのは、俺のほうだ…。

芹沢に出逢って、芹沢と過ごして。変化のない日常を送っていたつもりが、いつのまにか取り返しのつかぬほどの感情に辿《たど》り着いていたことに今まで気付きもしなかった。

この気持ちは、もう『好き』なんて言葉だけじゃ足りない。

失うにはあまりに大きくなり過ぎてしまった存在を自分の中で認め、初めての感情に俺は途《と》方《ほう》に暮れた。

「どうしたらいいんだよ……」

倒《たお》れ込むようにしてベッドに横になり、俺は顔に当たる光を腕《うで》で遮《さえぎ》る。もう、ため息すら出てこない。

どうしたら、飽きられずに済む？

どうしたら、しばらくは必要としてもらえるんだろう——？

今みたいにベッタリだと、芹沢が飽きてしまうのも早くならないだろうか…？

好きな物や美味《おい》しい物だって、毎日食べれば飽きてしまう。

俺だってこれまでは、構われれば構われるほど、相手への興味を失うのが早かった。芹沢だってそうじゃないとは限らない。

「……そうだ…」

不安に苛まれた俺は、やがて一つの答えを導き出す。

「……少し距離《きょり》を置いてみようかな」

共にいる時間を減らせば、タイムリミットを引き延ばせるかもしれない。

それに離れればきっと、この狂《くる》おしいほどの感情も少しは落ち着いてくれるはずだ。そうすれば、俺も本来の冷静な自分を取り戻《もど》せるに違《ちが》いない。

何の根拠《こんきょ》もなかったけれど、今の俺にはそんな方法しか思いつかなかったんだ……。

3

距離を置くにしても急激な変化は訝《いぶか》しがられるだろうと思い、俺はまず会う頻度《ひんど》を少しずつ減らしていくことにした。

毎日のように行っていた芹沢宅への訪問を一日置きにし、行ったとしてもできるだけ泊《と》まらずに帰るようにして、少しずつ距離を取る。

そんな日々を続けるようになって、ようやく一週間。

「……暇《ひま》だ」

大学からの帰り道、周りに誰《だれ》もいないのをいいことに俺は独り呟《つぶや》く。

授業は昼で終了《しゅうりょう》。今日は芹沢の家には寄らず、自宅へとまっすぐ帰る予定なのだが、家に帰ったところで特にすることもない。

読みたい本や見たい映画《えいが》のDVDでもあればいいんだろうけど、暇を潰《つぶ》すためにそれらを探してくるという行為《こうい》は何となく虚《むな》しく思えて、俺は行動を起こす気にもなれなかった。

あいつとなら何もしなくても、ただ一緒《いっしょ》にいるだけで時間なんてあっという間に経《た》ってしまうのに…。

――って、今はあの男のことなんか考えるのはよそう。

でも芹沢と出逢う前は、時間があれば色んなところに顔を出して遊び回っていたって云《い》うのに、今となってはあれの何が楽しかったのか思い出すこともできないんだよな…。

せめてバイトでもしていれば時間を持て余すことなく、暇が潰せたのかもしれない。

「バイトかあ」

また、始めてみようかな。

以前していたバイトは、当時付き合っていた相手につきまとわれるようになってやむなく辞《や》めてしまったけど。もうそろそろ再開しても良いかもしれない。

元のところでまた雇《やと》ってくれればいいんだけど……。

「……あれ？」

不意に、ポケットの中でマナーモードにしていた携帯《けいたい》がブルルルと震《ふる》える。見ると、メールが届いていた。

ちなみに、このアドレスはたった一人にしか教えていない。

「でも、メールなんて珍《めずら》しい」

いつもは打つのが面倒《めんどう》だからと云って、どんなに短い用件でも電話で済ます芹沢なのに、一体何があったんだろう？

『今日は遅《おそ》くなる。ユキにエサをあげておいてくれ。　芹沢』

――って、用件のみ？

開いてみたメールの相変わらずな内容に呆《あき》れつつも、俺は困ってしまった。

「……今日は行かないつもりだったんだけど」

ここ数日は泊まらず上手くいってたって云うのに、昨夜はどうしても離《はな》してもらえず、結局泊まってしまったのだ。

今朝まで一緒にいたんだし、今日はこれ以上芹沢と顔を合わせないようにしたい。

でも、どうしよう。メールを無視するのは簡単だけど、お腹《なか》を減らしているユキのことを思うと、そうもいかないよなぁ……。

「…………」

まあ、いいか。

要は芹沢と顔を合わせなければいいんだから、あいつが帰ってくる前にユキにエサをあげて帰ってしまえばいいんだよな。

普段《ふだん》の芹沢の帰宅時間は八時過ぎ。遅くなると連絡《れんらく》してくるくらいだから、帰ってくるのはそれ以降、深夜になるってことだろう。

このところ芹沢は俺が行っているときでさえ、持ち帰った仕事を自宅でしていることが多い。あまりに頻繁《ひんぱん》なので、事務所でやったほうが効率が良さそうなのに、と一度だけ云ったことがあるんだけど。

そしたら――。

『ユキをいつまでも一人にしておくわけにはいかないだろう?』

なんて、親バカなことを云ってたっけ。

そんなことを思い出しながら芹沢のマンションを訪《おとず》れた俺は、もらっている合い鍵《かぎ》でドアを開けた途端《とたん》、半日退屈《たいくつ》にしていたユキに熱烈《ねつれつ》な歓迎《かんげい》を受けてしまった。

「みゃあっ♪」

「こら、外には出るなよ!?」

飛び掛《か》かってくる勢いで走り寄ってきたユキは、俺の足にじゃれつき、絶対に離すまいとパンツの裾《すそ》を噛《か》んで引っ張ってくる。

「わかったから、ちょっと待ってってば」

足元でうろちょろされると、蹴《け》ってしまいそうで怖《こわ》い。

仕方なく小さな体をひょいと持ち上げ胸に抱《だ》くと、今度はもっと上に行こうと体をよじ登り始めた。

「わっ、待てこのお転婆《てんば》っ!」

肩《かた》に乗ろうとしてくるユキを支えながら、俺は無理な体勢で必死に靴《くつ》を脱《ぬ》ぐ。

すると体を屈《かが》めた隙《すき》にぴょんと飛び下り、ユキは一人さっさとリビングへと戻《もど》ってしまった。

「ユキ〜〜!!」

さてはお前、俺が靴を脱いだのを見て家に上がると思ったたな。

早く帰ろうと思ってたのに……あの様子じゃ、遊んでもらう気満々だよな…。

「ユキには勝てないんだよなぁ…俺も」

俺はそう呟《つぶや》きながら、渋々《しぶしぶ》とお転婆娘《むすめ》のあとを追い掛けた。


結局ユキに付き合わされてしまった俺は、一緒に遊んでいるうちにうっかりソファーで一緒に眠《ねむ》ってしまい……起きてみると、すっかり日も暮れ、外では星が瞬《またた》き始めていた。

「…しまった」

いくらなんでも寝過《ねす》ぎだ。昨日、芹沢になかなか寝かせてもらえなかったから、なんてことは云い訳にはならないよな。

「にゃぁ〜」

「あ、ごめんごめん。ユキもお腹空いたよね」

先に起きて空腹を訴《うった》えていたユキのご飯を急いで仕度《したく》し、ぺたりとキッチンの床《ゆか》に座り込んだ俺は、一心にそれを食べるユキの様子をじいっと眺《なが》めていた。

「そんなに急いで食べると、太っちゃうよ？」

拾ったときには細かった体も、最近はすっかり肉づきがよくなってきている。

今はまだすらりとした猫《ねこ》らしい体型だけど、このまま芹沢が甘やかし続けるとちょっと危険かもしれない。

今度、あいつにも注意しておこう。丸々してるのも可愛《かわい》いとは思うけど、本人（猫？）のためには太り過ぎはよくないわけだし。

「さてと、本当にそろそろ帰らないと」

「にゃ？」

気が付くと、考え込んでいた俺の顔をユキが不思議そうに見上げていた。

見れば、エサの入っていた容器が綺麗《きれい》に空になっている。

「何？　もうご飯食べちゃったの？」

「にゃー、にゃー」

上目遣《うわめづか》いで口の周りを舌で舐《な》めるユキの様子は本当に可愛い。だけど、これが『もっとちょうだい』のサインだと知っている俺にとっては、ちょっとした試練だったりする。

こうやってねだられると、ついおやつまで出してあげてしまいたくなっちゃうんだよね。

あんまり人の忍耐力《にんたいりょく》を試《ため》すような顔をしないで欲《ほ》しいよなぁ…。

「ダメだよ、もうお終《しま》い。これ以上食べたら美人が台無しになるよ？」

苦笑《くしょう》しながら立ち上がった俺は、ソファーに置いておいたカバンとジャケットを手にした。

その様子に俺が帰ることを察したユキが、慌《あわ》てて足元に擦《す》り寄ってくる。

「ごめんね。俺はもう帰らなくちゃいけないんだ」

もうそろそろ九時になる。遅《おそ》くなると云《い》っていたからまだ大丈夫《だいじょうぶ》だとは思うけど、このままだらだらとしていては、芹沢と鉢合《はちあ》わせるかもしれない。

昨日泊《と》まってしまったから、今日は会わない。そう決めたんだから、そんな簡単に決意を覆《くつがえ》すわけにはいかない。

「にゃー、にゃー……」

「だから、ごめんてば」

必死で引き止めにかかるユキと、どうにか帰ろうと拒《こば》む俺。

そんな攻防《こうぼう》を玄関先《げんかんさき》で繰《く》り返していると、唐突《とうとつ》に目の前のドアがガチャリと開いた。

「……芹沢っ」

——失敗した。

さすがに出るのが遅かったか。それにしたって、こんなに早く戻ってくるなんて。

「何してるんだ？　冬弥」

「…………」

何って見てわからないのかよ！

帰ろうとしているところをユキに引き止められてる以外、どう見えるわけ？

——けど、そう云えば『どうして帰るんだ？』と返されるのが目に見えている。俺は会話を組み立てるために、グッとその言葉を飲み込んだ。

「…遅くなるんじゃなかったの？」

大体いつもと同じ時間に帰ってくるなら、俺がこなくたってよかったじゃないか。

「思ったより打ち合わせが早く終わったんだ。メシは食ったのか？」

「ユキは今食べた」

「ユキじゃない、お前のことを聞いてるんだよ」

「……まだ、だけど」

ダメだ。このパターンはお約束過ぎる。

ここで引き止められてしまったら、確実にこのままだらだらとした時間を過ごしてしまう。

「待てるなら簡単なものを作ってやる。それとも、出前にするか？」

「いいよ、帰るから」

「帰る？　これから？」

「…………」

こうやって追及《ついきゅう》されるのが嫌《いや》だったから、顔を合わせたくなかったのに。

今日は完全に俺の失敗だ。

「……用事があるんだよ」

「用事？　こんな時間からか」

「それは……人と会う約束があるんだよ」

こんな時間じゃ、バイトを始めたなんて嘘《うそ》もつかないほうがいいよな…。ヘンに過保護なこいつは、云ったが最後、深夜のバイトなんかやめろと云ってくるに違《ちが》いないし、そうなってしまえば今後の云い訳にも使えなくなってしまう。

「誰《だれ》だ、相手は？」

「友達だよ」

嘘をついているせいか、やたらと喉《のど》が渇《かわ》いてくる。

得意だったはずの偽《いつわ》りの言葉が、どうして芹沢相手だと、こんなにも罪悪感を感じてしまうのだろう？

「本当に？」

俺の考えていることを見透《みす》かしているように、芹沢は問いを重ねてくる。

「……あんたには関係ない」

「俺には云えないことなのか？」

「云えないんじゃなくて、云いたくないんだよ。何もかも教えなくちゃいけない義理はないと思うけど」

「つまり、俺には云えないような相手と会うつもりなんだな」

「だから――」

どう云えば、誤魔化《ごまか》されてくれるんだろう。

関係をまずくしたいわけじゃないのに、突《つ》き放すような言葉ばかり出てきてしまう。

嘘はこれ以上つきたくない。疑われたいわけでもない。だけど、真実は云いたくない。

じゃあ、どうしたらいいんだよ……？

「男か？」

「またそれ？　いいよ別に、信じられないって云うんならそう思ってくれても」

「疑いたいわけじゃない」

「だったら、いちいち詮索《せんさく》しないでよ」

「そうやって疑いたくなるような態度を取っているのはお前のほうだろう？　昨日もやけに帰りたがってたし、最近は泊まろうともしない。一体何を考えてるんだ？」

――ダメだ……。

疑われないようさりげなく振《ふ》る舞《ま》っていたつもりが、全部芹沢にはお見通しだったなんて。

「……もういい。俺行くから」

「冬弥！」

俺はそう呟《つぶや》くと、芹沢の制止を無視してその腕《うで》からするりと抜《ぬ》け出す。

「じゃ、またね」

「冬――」

パタン、と閉じた玄関《げんかん》のドアを背中に俺は、はぁとため息をついた。

数歩歩いてから、立ち止まって振り返る。

——追い掛《か》けてはこない、か……。

そのことにほっとしながらも、どこか腹立たしく感じてしまう。

これでいいはずなんだ。

これで——。

4

掲示板《けいじばん》に選択《せんたく》授業の休講の文字を見つけ、空き時間をどうしようかと逡巡《しゅんじゅん》していた俺は明るい声に振り返った。

「篠原くーん」

「佐々木《ささき》さん。今日はこれから？」

「うん、篠原くんは？」

俺を見つけて走ってきたのか、息が切れている。

「俺は休講。四時間も空いちゃったから、どうしようかなって」

元々、朝イチの授業のあとは二時間空いている。普段《ふだん》は図書館へ行って課題のレポートを片づけたりしてるんだけど、四時間もあるとなると考えものだ。

「そっかぁ。午後に必修あるもんね。ねえねえ、そのあとって空いてる？」

「そのあと？　特に予定はないけど」

「だったら皆《みんな》と一緒《いっしょ》に飲み行かない？　連休は実家帰っちゃう子とかも多いから、その前に遊んどこうって話してたんだけど。あ！　でも、気が進まないなら無理しないでね…っ」

一人で捲《まく》し立てて、一人で申し訳ないような顔をしている様子がおかしくて、俺は思わず口元を綻《ほころ》ばせてしまった。

「そんなことないよ。今日は暇《ひま》だから大丈夫《だいじょうぶ》。けど、俺がいると邪魔《じゃま》じゃない？」

「ううんっ、篠原くん来てくれたら皆喜ぶと思うし。じゃあ、必修のあと約束だからね！」

「わかった。またあとでね」

授業に遅《おく》れちゃうと云《い》いながら、佐々木はまたバタバタと走っていく。

途中《とちゅう》で荷物を取り落としては、慌《あわ》てて拾い上げてまた走っていく元気な後ろ姿に、俺はつい忍《しの》び笑いが漏《も》れてしまった。

「……面白《おもしろ》い子だなあ」

この外見のせいでやっぱり周囲には近寄り難《がた》いと思われてるらしく、気後れなく俺に話し掛けてくるのは、彼女とその周囲の友達数人くらいだった。

遊び仲間ならたくさんいても、こういった裏表のない健全な友達付き合いを今まであまりしてこなかった俺には、正直新鮮《しんせん》で仕方ない。

「さてと。どっか店にでも入ってレポートやろうかな」

休講でできた時間をどうやって潰《つぶ》そうかと考えながらキャンパスを歩いていると、不意にポケットの中で携帯《けいたい》の着信音が鳴った。

この音は……。

「もしもし？」

『今、時間あるか？』

やっぱり、芹沢だ。一人だけ着信音を変えているからすぐわかる。

「残念ながらあるよ。授業が休講になっちゃったから」

『だったら悪いんだが、家に大事な書類を忘れてきたんだ。書斎《しょさい》の机の上に茶封筒《ちゃぶうとう》が置いてあるから、事務所まで持ってきてくれないか？』

「何で俺が。車あるんだから自分で取りに行きなよ」

『このあと、依頼人《いらいにん》が来るんだよ』

「だったら、事務の人――松野《まつの》さんだっけ？　彼女に取りに行ってもらえば？」

芹沢の事務所には彼の仕事のアシストをしてくれる有能な事務員がいる。

前の事務所からの付き合いで、けっこうなベテランなのだそうだ。

『彼女は今日、息子《むすこ》さんの三者面談で早退した。それに、ウチの鍵《かぎ》を持ってるのは俺以外はお前しかいないだろうが』

「――わかったよ。でも、この貸しは高くつくからね」

『じゃあ、頼《たの》んだ』

ぶつりと切られた携帯を見つめて、俺は力なくため息をつく。

昨日はあんな感じで口論になって、誤魔化《ごまか》しきれなかったし、しばらくは会いたくなかったんだけどな…。

……仕方ない。

「届けものするだけだし……まあ、いっか」

一旦《いったん》芹沢の自宅へ行った俺は、該当《がいとう》すると思われる大きめの封筒《ふうとう》を回収し、その足で芹沢の個人事務所へと向かった。

自宅も事務所も、駅から徒歩五分圏内《けんない》の立地のよさだ。乗り継《つ》ぎがよければ二十分も掛からないんだし、車なら片道十分程度じゃないか。

あいつも面倒《めんどう》くさがってないで、自分で取りにくればいいものを。よっぽど、大学と事務所を往復するほうが時間が掛かるんだけど。

って云うか、俺に使いっ走りみたいなことをさせるような人間なんて、今まで一人もいなかったぞ？

事務所の入っている貸しビルは新築の五階建て。エレベーターに乗り最上階で降りると、俺は開けっぱなしのドアから中へと入る。

「……芹沢？」

呼び掛けてはみたものの、奥から話し声が聞こえてくるのに気付いて、俺は口を閉《と》ざした。

まだ、お客さんがいるのかな？

だったら机のほうに封筒置いて、黙《だま》って帰ってしまおう。

俺は大きな音を立てないようにしながら、パーティションの向こうにこっそりと顔を出す。

「……！」

すると、机に向かいきびきびと電話をしている芹沢の姿が目に入ってきた。

その姿に目を奪《うば》われて、俺は思わず息を飲む。

丁寧《ていねい》なのに頼《たよ》り無《な》さは少しもなく、むしろ電話の向こうの相手を一方的に圧しているようにも見える口調。

少し緩《ゆる》められたネクタイが気怠《けだる》げで、伏《ふ》し目がちの瞳《ひとみ》にも色気があって。

ムカつくくらい、いい男だよな……。

顔もいい、スタイルもいい、仕事もできる。

本当は性格悪いくせに、俺に負けず劣《おと》らず猫被《ねこかぶ》りだから人当たりもいいし……。

「冬弥」

ぼんやりと見惚《みと》れていた俺に気付いた芹沢が、受話器の口を手で押さえると、不意に名前を呼んだ。

「……っ」

な、何だよその顔は…っ！

微《かす》かに綻《ほころ》んだ芹沢の表情に、不覚にも俺の胸はざわめいてしまう。

こんなんじゃ、ダメだっていうのに……。

「はい、これ」

呼びつけられて不機嫌《ふきげん》だという態度を装《よそお》って、俺は持ってきた書類を手渡《てわた》す。

そして、その書類に目を通しながら電話を続ける芹沢を尻目《しりめ》に、俺はくるりと背中を向けた。

芹沢の電話が終わらないうちに帰らなきゃ…。

「どこ行くんだ？」

途端《とたん》、電話の保留音と共に、芹沢の問い掛《か》けが背後から聞こえてくる。

「どこって、大学戻《もど》るに決まってる」

「休講なんじゃないのか？」

「そのあと授業があるんだよ」

「少しくらいは時間あるんだろう？　すぐ終わるから待ってろ。昼メシくらい奢《おご》ってやる」

「ヤダよ。そう云《い》って何回待たされたっけ？　いいからゆっくり仕事してなよ」

「おい、冬弥…っ」

俺は呼び止める芹沢を無視して、事務所をさっさとあとにする。

だけどこんなときに限って、エレベーターは一階に戻ってしまっていて、すぐには来てくれそうにない。

「……早く来てよ」

あれ以上、芹沢に何か云われる前にここから去ってしまいたい。

昨日の話の続きなんかになったら、もう何て誤魔化せばいいのかわからないし……。

なのにエレベーターを待っている間、危惧《きぐ》した通り芹沢が追い掛けてきてしまったのだ。

「冬弥！」

「待てって云ってるだろう」

「何？　もう電話終わったの？」

「あれは別にあとでいい」

どうやら慌《あわ》てて切り上げたらしい。

仕事よりプライベートを優先することなんて、普段《ふだん》では考えられない。

またもや俺の中に、嫌《いや》な予感がザワリと音を立てて湧《わ》き上がる。

「俺がわざわざ書類持ってきてあげたんだから、ちゃんと仕事しなよね」

「そうでも云わなきゃ、お前は来なかっただろう」

芹沢の責めるような口調に、俺は眉《まゆ》を顰《ひそ》めた。

まさかと思うけど……。

「まさか、それだけのために俺を呼んだとか？」

「悪いか」

「じゃあ、俺が家まで書類を取りにいったのは無駄足《むだあし》だったわけ？」

「……必要ないものだったら、頼《たの》まない」

歯切れが悪い。

つまるところ、芹沢は俺を呼びつけるアイテムとして、必要な書類を家にわざと置いてきたってことか…。

授業が休講になったのは偶然《ぐうぜん》だったかもしれないけど、きっと元々授業の合間の空きが二時間はあることを知っていて、俺が大学に着く時間を見計らって電話を掛けてきたに違《ちが》いない。

「気分悪くしたなら、謝る」

「呆《あき》れてるんだよ。じゃあ、もういいよね？　会えたんだから」

「この時間休講なら、少なくともあと二時間は空いてるんじゃないのか？」

「…って、どうして人の時間割り覚えてるわけ？」

尚《なお》も食い下がってくる様子に、俺はちょっとだけ不安を覚えた。

もしかして、距離《きょり》を取ろうとしてるのを勘《かん》づかれてる…？

「冬弥…このところ、俺のことを避《さ》けてないか？」

「――!!」

気付かれてたのか……。

やっぱりという気持ちと、しまったという気持ちが混在する。

「昨日も云ったが、ウチにも泊《と》まっていかないし、あんまり寄っていかなくなっただろう？」

「たまたまだよ……」

俺は必死に感情を押し殺して平静を装う。

ここで狼狽《うろた》えてしまっては、その芹沢の懸念《けねん》を裏づけるだけだ。確信を持たれたら、俺の苦労も水の泡《あわ》になってしまう。

「忘れてるみたいだけど、俺も一応大学生なんだよ？　勉強も友達も、あんたの仕事と同じで疎《おろそ》かにできないのわかってよ」

「俺は、仕事とお前を同位置にしたことはないつもりだ」

憮然《ぶぜん》とした表情をしつつも、芹沢は俺から目を逸《そ》らそうとはしない。

その様子に怯《ひる》まないよう、俺はキッと気持ちを引き締《し》める。

「俺もそう。だけど比率に差が開き過ぎて、もう一方に見捨てられそうなんだってば。どのくらい差が開いてるかは、この数ヶ月であんたが一番わかってるはずだよね？」

「それは……」

尤《もっと》もらしいその理由に、ほんの少しだけ芹沢が納得《なっとく》をしたように見えた。

この様子なら、大丈夫《だいじょうぶ》かもしれない。

「ってことで悪いんだけど、今日は俺このあと友達と約束があるから戻る」

「……断れないのか？」

「毎回そんなことしてたら、友達いなくなっちゃうよ。約束は守れって俺に云ってたのはあんたじゃなかったっけ？　だから今日はガマンして。ね？」

俺は引き止めようとする芹沢の首にするりと腕《うで》を巻きつけると、背伸《せの》びをして顔を近づけた。

煩《うるさ》い口はこうして塞《ふさ》いでしまうのが一番いい。

あんまりそっけなくしても、余計怪《あや》しまれるだけだ。あくまで自然にしてないと。

「……ん……」

芹沢はキスで会話を打ち切ったことに不満を感じているようだったが、唇《くちびる》を開いて誘《さそ》うと、俺の腰《こし》を強く引き寄せて口づけを深くしてきた。

……誤魔化《ごまか》せたかな？

それとも、誤魔化されてくれたんだろうか？

何にせよ、今知られるわけにはいかないのだ。

俺の気持ちも。俺の計画も。

5

事を終えたあとシャワーを浴びてきた俺が寝室《しんしつ》に戻《もど》ると、芹沢はバスローブを羽織り、ベッドの上で書類に目を通していた。

俺はその横には戻ることはせずに、ベッドの下に脱《ぬ》ぎ散らかされた服を拾うと、背後から見つめているだろう芹沢の視線に恥《は》じらうことなくバスローブを肩《かた》から落とし、自分の服を身につけていく。

シャツが皺《しわ》になっちゃったけど、あとは帰るだけだからどうでもいいや。

「何してるんだ?」

「着替《きが》え」

そんなの見ればわかることじゃないか。

呆れたように云《い》うと、苛立《いらだ》った口調で問い返された。

「だから、何で着替えてるんだって訊《き》いてるんだ」

「帰るから以外に何があるわけ?」

身支度《みじたく》を整え、振《ふ》り返る。

ジャケットは確かリビングに置いてきていたはずだ。

「終電ももうないんだから、泊まっていけばいいだろう」

「タクシー使うから大丈夫《だいじょうぶ》。俺だって学校で忙《いそが》しいんだよ。そうそうあんたの都合で泊まっていくわけにはいかないよ」

引き止めようとする芹沢に、さり気なく嘘《うそ》をつく。

大学の課題が増えてきているのは事実でも、泊まっていけないほど忙しいわけじゃないからこれは嘘の範囲《はんい》に入るよな…。

「だったら送っていく。ちょっと待ってろ」

「いいよ、まだ仕事残ってるんだろ？」

そう指摘《してき》すると、芹沢は手に持っていた書類をサイドテーブルに置き、仕事のときだけ掛《か》けている眼鏡《めがね》を外して俺のほうへと向き直る。

「こんなのたいした量じゃない。……本当に帰るのか？　明日の朝でも問題ないんだろう？」

「そんなこと云って、俺がいると仕事しないくせに。俺だって邪魔《じゃま》になりたくないしね」

「邪魔だなんて思うわけない」

芹沢はどうしても引き止めようとしてくる。

ここしばらくは、こいつがシャワーを浴びている最中に姿を消してたもんな。

もしかしたら、さすがにちょっと不審《ふしん》に思われてるのかも……。

距離《きょり》の取り方をあんまり露骨《ろこつ》にはしないように心掛《こころが》けていたつもりだけど、いつまで経《た》っても落ち着かない胸の内に、俺は少し焦《あせ》り始めていた。

そのせいで、行動が不自然になっちゃってた可能性がある。

「あんたが思わなくても、俺が気になるんだってば。じゃあ、俺行くから」

「行くなって云ってもか？」

「……何云ってんの。子供じゃないんだからさ」

空虚《くうきよ》な笑い。

無理に作った表情は、どこかよそよそしかったかもしれない。

「冬弥」

「……っ」

立ち上がり、大股《おおまた》で近づいてきた芹沢に手首を掴《つか》まれる。

掴まれた場所が甘く痺《しび》れ、触《ふ》れた指先から溶《と》かされていくような熱さが伝わってきた。

だけど、問い掛けてくるような視線がいたたまれなくて、俺はふいっと顔を逸らしてしまう。

「このところ、俺に会わないで何をしてるんだ？」

「何って、勉強とか？　そろそろバイトもまた始めたいしね」

「バイトなら、ウチの事務所ですればいいと何度も云ってるだろう」

「冗談《じようだん》。バイトの時間まであんたの顔見てるなんてヤだよ」

そんなことをしたら、俺の努力の意味がなくなるじゃないか。

「なら、せめて一緒《いっしょ》に暮らしてくれ」

「…嫌《いや》だって云《い》っただろ！」

俺は力任せに芹沢の手を振り払《はら》った。

「もう、帰る」

「冬弥…っ！」

伸《の》ばされた手に捕《つか》まえられることのないよう素早《すばや》く身を翻《ひるがえ》すと、俺は寝室を抜《ぬ》け出し、後ろを振り返ることなく、マンションをあとにする。

苦しかった。芹沢の手を振り払った瞬間《しゅんかん》、身を切られるような思いがした。

こうやって一定の距離を保っていれば気持ちも落ち着くはずだと思ったのに、どうして会えない分だけ想《おも》いが募《つの》っていくんだろう？

冷めるはずの熱は、下がるどころか上昇《じょうしょう》していく一方で。傍《そば》にいない時間だけ、会いたくて会いたくて仕方がなくなる。

「くそっ」

人がせっかく色々と努力してるのに、あいつはそれを片っ端《ぱし》から台無しにしていく。

そもそも何で、この俺がここまでしなくちゃいけないんだ？

何もかも、あいつが悪い。

不安になるのも、苛《いら》つくのもあいつのせいだ。

あんな男を好きになってしまったのだって、芹沢が悪い。

苛立《いらだ》ちを持て余しながら、俺は目の前を通り掛かったタクシーを捕まえる。

「ええと、初台《はつだい》のほう――いや、やっぱり駅のほうに行ってください」

大人しく自宅に帰ろうかと思ったけど、こんなむしゃくしゃした気分で帰っても眠《ねむ》れるはずもないし――朝まで飲み明かしてやる。

そう決めた俺は、云い掛けた目的地を変更《へんこう》し、行きつけのバーに顔を出すことにしたのだった。


「久しぶりですね」

数週間ぶりに訪《おとず》れた店のマスターは、一人で現れた俺に柔《やわ》らかく微笑《ほほえ》み掛けてくれた。

「そう云えば、そうだね」

カウンターの中で微笑む奈津生《なつき》さんは、相変わらずの美人だった。

バーテン服が似合うすらりとしたスタイルと、和風美人といった感じの小さな顔。

後ろで縛《しば》ったサラサラの髪《かみ》も一重《ひとえ》の猫《ねこ》みたいな瞳《ひとみ》も落ち着いた漆黒《しっこく》で、柔和《にゅうわ》に微笑む薄《うす》い唇《くちびる》は薄桃《うすもも》色をしている。

俯《うつむ》き目線が伏《ふ》せられると、横に落ちていた髪がさらりと流れ、けぶるような睫毛《まつげ》が影《かげ》を落とす。そんな様子も色っぽい。

「冬弥さんが来ないから、常連さんたち淋《さび》しがってましたよ」

さっきまで大勢いたのに、と残念そうに云った。

店内に人がいないのは、ちょうど人の足が途切《とぎ》れたためだったらしい。

「ごめん、ちょっと大学が忙《いそが》しくて」

「そう云えば、冬弥さんて大学生だったんですよね」

「見えないってよく云われる」

外見が大人びてるとも云われるけど、それより雰囲気《ふんいき》が普通《ふつう》の大学生には見えないらしい。どういう意味だと訊いてみたい気もするけど、自覚があるから俺は云われても笑って返すだけにしていた。

「それ云ったら、奈津生さんだって年齢不詳《ねんれいふしょう》だよね」

「そうですか?」

「俺より上だとは思うんだけど」

「さあ、どうでしょう」

奈津生さんはそう云ってはぐらかすと、にっこりと微笑む。

バーのマスターにはあまり客に喋《しゃべ》り掛《か》けないタイプも多いけど、奈津生さんは顔見知りになった客相手にはよく喋ってくれる人だ。

おっとりとした語り口は押しつけがましくないし、博識で聞き上手だから会話も楽しい。

この店の雰囲気やカクテルの味の評判もいいけれど、ここに常連が多いのは奈津生さん自身の魅力《みりょく》のせいもあると俺は思っている。

「今日はご一緒じゃないんですか？」

グラスに色鮮《いろあざ》やかな液体を注ぎ込みながら、奈津生さんが尋《たず》ねてくる。

初《しょ》っ端《ぱな》から痛いところを突《つ》かれてしまった俺は、誤魔化《ごまか》すように苦笑いを浮《う》かべた。

「……うん、まあ。あいつも忙しいから」

そうやって俺は、言葉を濁《にご》す。

逃《に》げてきた、だなんて云うわけにいかない。

「事務所を開業されたんでしたね。評判いいって聞きましたよ」

「誰《だれ》から？」

「まあ、それは色々と」

きっと常連の内の誰かが話していたんだろう。

ここは本当に色んな客がいるせいで、誰が何を知っているかわからない。

「奈津生さんも何か困ったことがあったら云ってみたら？」

「そうですね、そのときは」

出されたグラスをあっという間に空にして、二杯《はい》目を頼《たの》むと同じタイミングで、カランカラン、と店のドアが開く音がした。

「――――！」

既視感《きしかん》に苛《さいな》まれて思わず振《ふ》り返ってしまった自分に呆《あき》れてしまう。

あいつが今夜、来るはずないじゃないか。

「こんばんは」

顔を覗《のぞ》かせたのは、何度か話したこともある若いサラリーマン風の男だった。

いつもは嬉《うれ》しそうな顔をしてやってくるというのに、今日はどうも複雑そうな顔つきだ。

「いらっしゃいませ。……今日は、お二人ですか？」

「うっかりここのこと口にしちゃって。どうしても行きたいって云《い》うもんだから……」

なるほど、連れてきたくない相手に押し切られたってところか。

俺だって勿体《もったい》なくてここはあんまり人には教えたくないって思ってるくらいだから、気持ちはわからないでもない。

「へー、ホントに美人のマスターだなー。男にしとくの勿体なくね？」

ついてきた男は、奈津生さんを見て無遠慮《ぶえんりょ》な感想を口にする。

「おい、失礼なこと云うなよっ」

「悪い悪い」

「大人しくしてるって云うから連れてきたんだからな」

「わかってるって」

男はカウンターの真ん中に堂々と陣取《じんど》って注文を告げると、またもや偉《えら》そうな口を聞いた。

「お前が云ってた割に普通《ふつう》の店だな。マスターは美人だけど、それだけだろ?」

「おい、いい加減にしろよ」

こういう手合いの人間はよくいる。

批判を口にすることがカッコいいと思ってるような人種だ。

本質を知ろうともせずに、まず貶《けな》して掛かる。粋《いき》がっている若い頃《ころ》は仕方ないとしても、いい大人のくせにそんな態度の人間を見ると、俺は苛々《いらいら》して仕方がない。

……って、俺もまだ若いんだっけ。

自分の考えにツッコミを入れつつ、さりげなく追加されたグラスを傾《かたむ》けた。

「こっちの彼も綺麗《きれい》な顔してんなー。何、今日は一人なの?」

「…………」

店内について色々と蘊蓄《うんちく》を垂れ終わった男は、今度は俺に目をつけたらしい。

一人で飲んでいる俺に興味津々《しんしん》の視線を向け、空気を読むこともせずに話し掛けてくる。

本当は無視していたかったけれど、事を荒立《あらだ》てて奈津生さんを困らせるようなこともしたくなくて、俺は猫《ねこ》を被《かぶ》り直した顔ではにかむように答えた。

「ええ、そうなんです…」

云いながら男を見ると、下心がありますと堂々と顔に書いているのがわかった。

いくら男が即物的《そくぶつ》な生き物だからって、こんなにわかりやすいのもどうかと思うぞ。

こういう輩《やから》に声を掛けられるのも久しぶりだとしみじみと思い、俺はついじっと相手の顔を見返してしまう。

「一人だったら俺と飲もうよ。何なら他所《よそ》に行ってもいいし」

「お前、何考えて…っ」

連れの男が慌《あわ》てたように引き止めているが、男はさっさと俺の隣《となり》に移動してきていた。

本当によくいるよね、こういう無駄《むだ》に自意識過剰《かじよう》な奴《やつ》って。

「こんな店に一人でいるくらいだから、遊び相手探してるんだろ？」

「そんな…」

云い掛けて、一瞬魔《いつしゆんま》が差した。

いっそ、誘《さそ》いに乗ってみようか。

一晩くらいなら、あいつのことを忘れられるかもしれない……。

「……うん、そうかもね」

思わせぶりな言葉を口にすると、咎《とが》めるような視線で奈津生さんが見つめてくる。

その視線に気付かないふりをして、迷っているような顔をしていたら、男は馴《な》れ馴れしく肩《かた》まで抱《だ》いてきた。

「なあ、どうせ悪い気はしてないんだろ?」

「……っ!」

素早《すばや》い動作で首筋に顔を寄せられる。生暖かな感触《かんしょく》と共に、首筋をきつく吸い上げられた瞬《しゅん》間《かん》、ぞわりと悪寒《おかん》が走り抜《ぬ》けた。

反射的に男の体を突《つ》き放し、首筋を手で擦《こす》った。

「調子に乗らないでくれる?」

「…んだよ」

拒《こば》まれたことが不愉快《ふゆかい》だったらしく、男の口調が険を孕《はら》む。

「あんまり強引《ごういん》なのは、好きじゃないんだよね」

「思わせぶりな態度を取ったのはそっちだろう? 今更《いまさら》だろ、好きなくせに」

「趣味《しゅみ》じゃないって云ってるんだよ。はっきり云われたいの? あんた程度の男、俺には役不足だって」

「へえ…偉そうな口利《き》くじゃねえか……」

男は椅子《いす》から降り、俺に詰《つ》め寄ってきた。

「———お客様。店内で揉《も》め事は困ります」

「すいません…っ、すぐに連れて帰りますから…!」

奈津生さんがおっとりとした口調で云うけれど、男は聞く耳を持たない。こいつを連れてきた彼はと云《い》うと、ペコペコと奈津生さんに必死に謝っている。

……どうしたものか。

こんな場所で暴力に訴《うった》えるのも、まずいしなぁ。

「——誰《だれ》の店で騒《さわ》いでるんだ？」

「煩《うるせ》ぇな！　関係ねぇ奴は引っ込んで——」

突然《とつぜん》の背後からの声に振《ふ》り返った男は、奥から出てきた横柄《おうへい》な態度の相手を目にして瞬時《しゅんじ》に黙《だま》り込む。

釣《つ》られて俺も視線を向けると、そこには体格のいい男性が立っていた。

よく足を運んでいる俺だって数度しか目にしたことはなかったけれど、確か彼はこの店の経営者で、奈津生さんの雇《やと》い主だ。

そして——奈津生さんの恋人《こいびと》、とも噂《うわさ》では聞いている。

あまり店に顔を出すことはないけれど、彼が来ると時折、閉店時間を無視して店が唐突《とうとつ》にクローズされたりするものだから、常連客の間ではそんな噂が立っているらしい。

「静かに飲めないなら、出ていってもらおうか」

そう云ってバカな男を睨《にら》みつけるその容貌《ようぼう》は結構な強面《こわもて》で、一見普通《ふつう》の職業の人には絶対に見えない。まあこんな店を持っているのだから、普通のサラリーマンってことはないんだろうけど。

理知的な雰囲気《ふんいき》を持つ芹沢とは対照的な……野性的って云うんだろうか、そんな鋭《するど》い空気を身に纏《まと》っていた。

「お…お客様に対して、そんな口利くのかよ…っ」

「煩い。日本語くらい理解できるんだろう？　いいから、さっさと出ていけ」

「この……っ！」

「すいませんすいませんっ、本当にすぐに連れて帰りますッ」

あわあわと二人のやり取りを見ていた常連のほうの彼が、キレてオーナーに摑《つか》み掛《か》かろうとしていた男をすんでのところで羽交《はが》い締《じ》めにする。

「放せよっ！」

「いいから、もうやめろって！」

云い争いながら外へと続くドアへと引き摺《ず》っていくと、そのドアをちゃっかりと奈津生さんが開けて待っていた。

「おやすみなさいませ」

「ほ、本当にすみませんでした！」

最後までペコペコと平謝りな彼が、ちょっと気の毒に思えてくる。だって、騒ぎの元凶《げんきょう》を連れてきてしまったとは云え、別に彼には罪はないんだし。

だけど奈津生さんもそれはわかっているらしく、恐縮《きょうしゅく》しながら出ていった彼に最後ににっこりと笑い掛けていた。

「冬弥さん、申し訳ございません。大丈夫《だいじょうぶ》でしたか？」

「うん、俺も悪いし。あの……ありがとうございました」

俺は奈津生さんにそう答えると、助け舟《ぶね》を出してくれた相手のほうを向いて頭を下げる。

「いや」

ぶっきらぼうな短い返答に、俺はどう反応していいかわからなかった。

ただ、さすがにこういった客商売をしているだけあって、引き際《ぎわ》を知っている男だと思う。

あいつだったら――芹沢だったらきっと、あんなふうに逃《に》がさない。

もし俺に害をなすような相手がいたら、徹底《てってい》的にいたぶって、二度と近づいてこないように手を回すだろう。

「――今日は早終《はやじま》いだ」

「え？」

「わかりました」

もしかしたら、今の騒ぎで機嫌《きげん》を損《そこ》ねてしまったんだろうか？

俺が隙《すき》を見せたせいでこんなことになるなんて――俺は申し訳なさに自己嫌悪《けんお》に陥《おちい》る。

「あ、じゃあ帰……」

居たたまれなさに云い掛けたそのとき、俺の言葉を遮《さえぎ》ってオーナーが奈津生さんに告げた。

「先に上がってる」

「はい」

そんな短いやり取りのあと、彼は再び店の奥へと消えてしまった。

「ゆっくりしてていいみたいですよ」

無口な彼の代わりに、奈津生さんがそう教えてくれる。

俺を気遣《きづか》ってくれたんだろうか……？

「……ごめん、迷惑《めいわく》掛けて」

「いいえ。冬弥さんはウチの大事なお客様ですから」

「そんなこと云ったら、さっきのだって一応お客さんには代わりないと思うけど……」

あまり『質』がいいとは云えないかもしれないけど。

「ウチは経営者の趣味《しゅみ》で客を選ぶんで、難しいんです。あの人、面食いなんですよ」

奈津生さんは内緒話《ないしょばなし》でもするかのように声を潜《ひそ》めて囁《ささや》いた。

小さく笑う様子も何だか可愛《かわい》い。

「奈津生さんが恋人《こいびと》なくらいだもんね」

「さあ、どうでしょう？……それにしても、どうしたんですか？　今夜は何だか苛々《いらいら》してませんか？」

「うん、まあ…ちょっとね……」

俺は奈津生さんの出してくれたおしぼりで嫌悪感《けんおかん》の残る首筋を拭《ふ》きながら、言葉を濁《にご》した。

「何かあったんですか？」

「何があった、ってわけじゃないんだけど……」

ただ、俺が一人で先の心配をして不安になってるだけ。

色々考えて、実行して、それが上手くいかないせいで苛々して……。

結局のところは、そうやって自分一人で空回りしてるだけなのかもしれない。

「ねえ、ヘンなこと訊《き》いていい？」

「何でしょう？」

「今まであの人と付き合ってて、ケンカして別れようって思ったり、もう飽《あ》きたって思ったりすることってあった？」

「そうですね…。付き合う定義は微妙《びみょう》ですが、ケンカくらいしますよ。どっちかって云《い》うと、僕が怒《おこ》ってばっかりです」

「奈津生さんが……？」

あの人、無茶なことばかりするから。そう云って、奈津生さんは困ったように微笑《ほほえ》んだ。

一体、どんなふうに怒るんだろう？

確かにこの調子で静かに怒《いか》りを見せられたら、かなり怖《こわ》いような気もする……。

「ええ。でも『もう飽きた』は、僕は一度もありませんよ」

「たったの一度も？」

「ずっと一緒《いっしょ》にいるせいか、さすがにドキドキすることは減ってきましたけどね。傍《そば》にいたいという気持ちに変化はないと思っています」

「……そっか…」

「それに『飽きた』と云わせないように努力するのも、それなりに楽しいですよ？」

——努力、か。

晴れやかな笑顔《えがお》で告げられて、俺は次第《しだい》に自分の悩《なや》みがバカバカしいものに思えてきた。

俺は何の努力をしたんだろう？

続けるための前向きな努力を一切《いっさい》せず、ただ後ろばかりを見続けて。この恋は終わるものだと勝手に決めつけていただけじゃないか。

よくよく考えると、物凄《ものすご》く情けない。

だいたいこの俺が気弱になってるなんて、柄《がら》じゃないよ。

「何か、ノロけられちゃった気がする」

「訊いてきたのは冬弥さんでしょう？」

俺がまぜっ返すと、奈津生さんは頬《ほお》を赤らめた。あのオーナーも、こんなところが堪《たま》らないのかもしれないなんてことを、不意に思う。

俺はずっと頑張《がんば》る方向を間違《まちが》えてたような気がする。

素直《すなお》になれないのは性格だから仕方ないけど、だからって自信まで一緒になくさなくたっていいんだ。

俺は俺でいればいいんだよね？

我慢《がまん》なんて似合わないことは、もうやめてしまおう。

離《はな》れたくなければ、俺が引き止めておけばいいんだ。会いたいときに会わないよりも、そっちのほうが簡単だし。

「これ飲んで元気出して下さい。特別に今晩は僕の奢《おご》りですから」

「……うん。ありがとう」

奈津生さんの優《やさ》しさが胸に染《し》みる。

夜が明けたら会いに行ってみようか。

今なら、あいつの前でも素直になれるかもしれないから――。

6

店をあとにした俺は、一先《ひとま》ず自宅へ戻《もど》ることにした。

芹沢の家に行くにしても、この足で向かうのも時間的にも不自然だし。どうせ時間があるなら、シャワーを浴びて、着替《きが》えもしたい。

だけど、ずっと抱《かか》えていた胸の中のもやもやとしたものが消えた今、俺は久しぶりに清々《すがすが》しい気分だった。

「あれ…？」

始発で帰ってきた俺は、部屋の前に見える人影《ひとかげ》に目を擦《こす》る。

何で、今こんなところにあいつがいるんだ…？

「どこに行ってたんだ？」

「……芹沢…」

もしかして、ずっとここにいたんだろうか？

中に入ってればよかったのに……ってそう云えば、暗証番号は教えてあったけど、合鍵《あいかぎ》を作るのが面倒《めんどう》でまだ渡《わた》してなかったっけ？

「お早いお帰りだな」

「えっと……」

怒ってる……よね？

学校のことで忙《いそが》しいからって云《い》って帰ったのに、家にいなかったんだもんな。

でも、わざわざどうして——？

「出るとき様子がおかしかったから、心配して電話してみれば家にも帰ってない、携帯《けいたい》はウチに忘れていっていて連絡《れんらく》もつかない。どれだけ俺が気を揉《も》んだと思ってるんだ？」

怒りを抑《おさ》えた様子の芹沢に、苛々《いらいら》とした口調で詰《なじ》られる。

捜《さが》し回ったけれど埒《らち》が明かないからここで待っていた、と告げた口ぶりには、濃《こ》い疲労《ひろう》が漂《ただよ》っていた。

もしかして、あの店も見に来たのかもしれない……。

あのあと、お客が入らないよう奈津生さんがわざわざ閉店の札を出してくれてたから、それを見て引き返したとしてもおかしくはないわけだし。

「……ごめん。ちょっと飲みに行ってた」

俺は珍《めずら》しく、素直に謝った。

いつもなら憎《にく》まれ口を返すところだけど、今日はするりと本心を口にすることができてホッとする。

「…………冬弥？」

だけどそんな俺に対して芹沢は、驚《おどろ》きを隠《かく》そうともしやがらなかったのだ。

何なんだよ、その幽霊《ゆうれい》でも見たような顔は！

そりゃあ俺が素直に『ごめん』なんて云うのは、珍しいというか初めてかもしれないけど。

「とりあえず、中入ってよ。コーヒーくらい淹《い》れるし」

「あ…ああ……」

俺はちょっとだけムッとしつつドアを開け、部屋の中へと芹沢を招き入れる。

こんなふうに芹沢が待っていたのは予想外だったけど、ちょうどいいかもしれない。

たまにはちゃんと話をしてみよう。

あんなことを俺が考えていたなんて知ったら、芹沢も呆《あき》れるだろうな。俺だって自分のことながら、バカだったなと思ったくらいだし。

「――冬弥」

「どうしたの？」

玄関口《げんかんぐち》に立ち尽《つ》くした芹沢に名前を呼ばれ振《ふ》り返ると、急に冷めた視線が突《つ》き刺《さ》さる。

不思議に思って見つめた俺は、芹沢の次の言葉に血の気が引いた。

「……その跡《あと》は何なんだ？」

――跡？

「……あ…」

まさか、あのときバーで…？

指摘《してき》されて思い出し、俺は反射的に首筋を手で隠してしまった。

それほど強く吸われたわけじゃなかったから、目に見えるような跡がついていたなんて思いもしなかった。

もしかして、あの男を突き飛ばしたときに、歯が当たって傷がついたんだろうか？

「自覚はあるんだな」

「――――」

……しまった。

気付かないふりで誤魔化《ごまか》すことだってできたのに、墓穴を掘《ほ》ったのか俺は。

「誰《だれ》につけられた？」

「……これは」

芹沢の表情を見れば、誤解されてることは明白だった。

浮気《うわき》をしたわけでも芹沢を裏切ったわけでもないけれど、あんな男に隙《すき》を見せて、つけ入られたのは俺だ。

みっともない云い訳なんかしたくない……けど――。

「何か云ったらどうだ」

「……ごめん」

誤解を解かなくてはと思ったけれど、焦《あせ》りのために気が動転してしまった俺の口から出てきたのはその一言だけだった。

だけど、それが間違《まちが》いだったたと気付いたのはほんの数秒あと。

上手い説明なんかできなくても、俺はちゃんと芹沢の誤解を解くべきだったのだ。そう思ったときには、もう遅《おそ》かった。

「冬弥」

「な、何…⁉」

ドアを乱暴に閉めた芹沢は、土足で部屋に上がり込む。そして腕《うで》を摑《つか》み上げると、強引《ごういん》に俺を奥まで引き摺《ず》っていった。

抵抗《ていこう》する間もなくベッドに放《ほう》り投げられた俺は、衝撃《しょうげき》に顔を顰《しか》める。

「つっ…、いきなり何なわけ？」

「それは俺が訊《き》きたいくらいだ。一体、お前は何を考えてるんだ？」

「何って云われても…」

中途半端《ちゅうとはんぱ》にベッドに倒《たお》れ込んでいた体を起こし、ベッドの縁《ふち》に座り直した俺は乱れた髪《かみ》を手で整えた。

「お前にとって俺は、都合がいいときだけの遊び相手なのか？」

「何それ……」

「他《ほか》の男と同じように、使い捨てのつもりだったとでも云うのか？」

「ちょ、ちょっと待っ…て、違《ちが》うんだって…っ」

やっぱり、完全に誤解してる。

信じてもらえてないことはショックだったけど、確かに朝帰りをした上に証拠《しょうこ》のようなものまで見てしまえば、誰が見ても疑う要因は充分《じゅうぶん》だろう。

おまけに、近頃《ちかごろ》の俺の行動を訝《いぶか》しく思っていたとしたら、尚更《なおさら》だ。

「何が違うんだ？　この跡は俺以外の男につけさせたんだろう」

「でもっ…」

そうだけど、そうじゃなくて！

もう、何て云えばいいんだよ…！

「だからこれは、奈津生さんのバーで絡《から》まれて…っ！」

必死で言葉を紡《つむ》ぐけれど、頭に血が上った芹沢は俺の云うことに聞く耳も持たない。

芹沢はベッドの上を後退《あとずさ》った俺をそこから力任せに引きずり下ろすと、素早く俯《うつぶ》せにして組み敷《し》いた。

上半身だけがベッドに押さえつけられ、腰《こし》を突き出すような格好で両足を膝《ひざ》で固定された俺は、背後から体重を掛《か》けられて身動きが取れなくなる。

「抱《だ》かせたのか？」

「…んなことさせてない…っ」

直截《ちょくせつ》な問い掛けに、じっとりと背中に嫌《いや》な汗《あせ》が浮《う》かんでくる。

「それが本当かどうか調べてやろう。お前は俺にだって、簡単に嘘《うそ》を吐《つ》くからな」

「何す……」

カチャカチャという金属のぶつかる音は、ベルトの留め金を外される音だ。

そう認識《にんしき》した直後、下着までもが一気に引き下ろされ、下半身を剝《む》き出しにされた。

「やめ……っ！」

嫌だ。

……好きなのに。

芹沢に、こいつにこんなふうに無理矢理抱かれるなんて絶対に嫌だ。

「ちゃんと、話を聞けって！」

「それで俺を云い包《くる》めるつもりか？」

「違っ…」

疑われることが、こんなにも心を傷つけるものだなんて知らなかった。

でもきっと、俺も同じようにして芹沢を傷つけてる。

飽《あ》きられるかもしれない、すぐに別れるに決まってる。それは、『好きだ』と云ってくれていた芹沢の気持ちを、疑って信じていなかったのも同じだ。

自分のことしか考えないで、芹沢がどう思うかなんて想像しようとしなかったんだから…。

「…っ、や……！」

するりと足の間に忍《しの》び込んできた指先が、後ろの蕾《つぼみ》を探《さぐ》ってくる。

「ちゃんと後始末はしてきたみたいだな」

「だから…違…って云って…」

昨日、俺を抱いたのは芹沢だけだ。そのあと、芹沢のマンションでシャワーを使ったんだから、後始末をしてるのだって当たり前だ。そんなこと知ってるくせに……。

そう云ってやりたくても、潤《うるお》いのない場所に強引に割り入ってくる指先のせいでそこが引き攣《つ》るように痛むから、上手く言葉が出てこない。

「キツいな……最後まではしなかったのか？」

背後からだと表情は見えないが、あまりに感情のない芹沢の声に俺は泣きたくなってくる。

ちゃんと話を聞いて欲《ほ》しい。誤解を解きたい。

なのに——。

「いっ……、や…め……」

「——確か、ここに入れてあったはずだったよな？　ああ…これか」

一旦《いったん》、その強引な行為《こうい》が止《や》んだかと思えば、横からガタガタと引き出しを開ける音が聞こえてくる。そして、サイドボードの引き出しに入れてあった潤滑剤《じゅんかつざい》を取り出すと、芹沢は頑《かたく》なに拒《こば》む入り口へ、そのチューブの先を押し当てた。

チューブの口から押し出されたジェルが中へと入り込み、溢《あふ》れた分は体温に蕩《とろ》け伝い落ちてくる。

「つ…っ」

冷たさに声を上げたあと、俺は行為の乱暴さに思わず息を飲む。途端《とたん》、無理矢理濡《ぬ》らされたその場所に、太い指がまた侵入《しんにゅう》してきた。

「や…っ、やめッ……」

「今度こそ、しっかり教えておいてやる。――お前が誰《だれ》のものなのかを」

滑《ぬめ》りを得たそこは、何の抵抗《ていこう》もなくすんなりと異物を飲み込んでいく。

冷たいジェルが奥まで押し込まれ、その温度差に内壁《ないへき》が反応した。思わず締《し》めつけたものの太さに、俺はくわえこまされた指が一本ではないことを知る。

潤滑剤を塗《ぬ》り込めるように何度か指を抜《ぬ》き差しされたあと、乱暴に中を掻《か》き回され、奥からグジュグジュと卑猥《ひわい》な水音が聞こえてきた。

「っあ……、あ…あぁ……っ」

力が入らない体での抵抗は無意味。この体格差で暴れても意味はないし、そうしただけ負担が大きくなることがわかってる。

それに、だいたい芹沢との行為を拒む理由なんてないじゃないか…。好きな相手に抱かれてるんだから、俺が受け入れれば、これは合意だ。

無理に抱《だ》かれているわけじゃない。だから、過去に俺を踏《ふ》みつけたあの行為とは、違《ちが》う。

俺はそう必死に自分に云い聞かせる。

「ん……ふ……っ、ぁん……っ」

ベッドカバーを噛《か》み締めることで唇《くちびる》から零《こぼ》れてしまう声をなんとか堪《こら》えたが、内壁にある凝《こ》りのようなそこを強く押される度《たび》に、俺の体はビクッと跳《は》ねてしまう。

芹沢は自分が与《あた》える快感を俺に思い起こさせようとしているのか、それとも覚え込ませようとしているのかわからないけれど、執拗《しつよう》に鋭敏《えいびん》な場所ばかりを責め続けた。

「あ、んっ、んんっ」

体が揺《ゆ》れると、後ろへの刺激《しげき》で勃《た》ち上がった昂《たかぶ》りがベッドの端《はし》に当たり、擦《こす》られる。

そのもどかしさと体内で生み出される強烈《きょうれつ》な感覚に耐《た》えようと、俺は自由にできる片腕《かたうで》を動かし、縋《すが》りつくようにシーツを握《にぎ》り締めた。

室内には後ろを掻き混ぜる音と俺と芹沢の息遣《いきづか》いだけが、虚《むな》しく響《ひび》く。

強制的に与えられる快楽は体を熱くするのに、俺の頭の中はどんどん冷えていった。

「んぅっ、んっ、んー…っ！」

「――もうイッたのか？　その様子じゃ、昨日の相手には満足はさせてもらえなかったみたいだな」

結局、前を弄《いじ》られることもないまま達した俺に対し、芹沢は再び冷徹《れいてつ》とも思えるような声で言葉を突《つ》き刺《さ》してくる。

「……だから…っ、違……って……」

放埓《ほうらつ》のあとの荒《あら》い呼吸を飲み込みながら、反論する。

「それとも今度の相手は女だったのか？　後ろじゃないと満足できないくせに…」

「じゃなくて――っ…」

云い掛《か》けて、俺はまたもや息を飲む。

体重を掛けられていた肩《かた》から重みが消え、それと同時に今まで指を含《ふく》まされていた場所に熱いものが触《ふ》れたのだ。

「っあ……、あ！」

腰《こし》をがっちりと固定され、後ろから一気に焼けた楔《くさび》を打ち込まれ俺には、声を殺す余裕《よゆう》も暇《ひま》もなかった。

勢い任せに繋《つな》がり合った部分が、ズキズキと強く脈を刻む。

「……これが欲しかったんだろう？」

「は…あっ…」

返事はしない。できない。

だけど芹沢の言葉を肯定《こうてい》するかのようにして、内壁の粘膜《ねんまく》はねっとりとその昂りに絡《から》みついてしまう。

「んっ」

体が密着するほどに腰を引き寄せられた衝撃《しょうげき》で、ビクンと背中が撓《しな》る。

芹沢は俺の上に覆《おお》い被《かぶ》さるようにして顔を首筋に近づけ、あの男のつけた跡《あと》にふっと息を吹《ふ》き掛けてきた。

揶揄《やゆ》するかのような動作に体を硬《かた》くした俺を、芹沢はそれ以上に辱《はずかし》めようとしてくる。

「相変わらず、体だけは素直《すなお》だな」

「……っあ、ぁ…あ……っ」

一度は埋《う》め込んだ塊《かたまり》をギリギリまで引き抜いたかと思うと、物欲しげにヒクつく内部へグッと押し込んだ。その強烈な感覚に、俺は頭の中が真っ白になった。

繰《く》り返される激しい抜《ぬ》き差し。

熱に溶《と》かされたジェルが、中で淫《みだ》らな音を立て、残らず快感を拾い上げる敏感《びんかん》な粘膜は、腰の奥を痛いほど疼《うず》かせていく。

「もっ、ダメ……っ、んぅ……っ」

摩擦《まさつ》が生む熱と抉《えぐ》るような突き上げで、俺はおかしくなってしまいそうだった。

自分が自分でなくなってしまう。

それをどうにか引き止めようと、ベッドカバーを摑《つか》んだ手の甲《こう》に白く筋が浮《う》き上がった。

あまりの快感に、がくがくと揺さぶられる腰が蕩けて崩《くず》れていってしまうのではないかと不安になる。

「…っや、ぁ…っ、あぁぁ…っ…」

やや強引《ごういん》に入り込んできた体積にいっぱいいっぱいだった内部も、今では柔《やわ》らかく綻《ほころ》んできていた。

上がる声も甘さを増して。

貫《つらぬ》いている場所が蕩けてきたのを知ってか、芹沢は穿《うが》つリズムを変えてくる。

「んっ、あ、あ…っ、っあ、ん|…っ」

揺さぶるように腰を打ちつけられて奥深くを抉られると、内臓がせり上がって来るような苦しさを感じる。

「お前はこうやって抱いてもらえるなら、相手が誰《だれ》でもいいんだろうな……」

「違う…っ、俺は、あ………っ」

猛々《たけだけ》しいものが引き抜かれ、激しい喪失感《そうしつかん》を覚えたその直後、体を返され仰《あお》向けにされた俺は、足を胸につくほどに折り曲げられ、再び深く穿たれた。

「あ…あぁあ……ッ!」

さっきまでと貫く角度が変わり、中で当たる場所も変わる。

敏感なその器官は、些細《ささい》な変化にもいちいち反応を示してしまう。埋め込まれたそれを締《し》めつけるように収縮した粘膜は、凶暴《きょうぼう》に猛《たけ》る芹沢の形を改めて知って打ち震《ふる》えた。

そんなものでこれ以上犯《おか》されたら壊《こわ》れてしまう、とまだどこかに残っていた理性が恐怖《きょうふ》し、いっそ壊されてしまいたいと本能が訴《うった》える。

「どこを触《さわ》られた？」

「…んなの……してな——あ…っ」

芹沢は責めるように云いながら、俺の上半身を覆っていたシャツを力ずくで引き裂《さ》いた。

「だったら、これは何なんだ」

首筋に残るキスマークを指で強く押される。

「それ…は、油断して……」

蘇《よみがえ》ってくる嫌悪感《けんおかん》。

あの瞬間《しゅんかん》の気持ち悪さは、たとえようがなかった。

あんなろくでもない男につけ入られたのは、完全に俺のミスだ。

欠片《かけら》も思い出したくもない出来事なのに、芹沢の怒《いか》りは忘れることを許してはくれなくて。

「油断したからつけられたっていうのか？　だったら、尚更《なおさら》これだけで済んだはずがないだろう？」

「ん…っ、や…ぁ……っ」

芹沢は自分以外の侵略《しんりゃく》のあとを探しているのか、肌《はだ》を執拗《しつよう》に撫《な》で回してくる。

そんなものあの一箇所《いっかしょ》以外にはどこにもないのに、と信じて欲しくて俺は腕《うで》を伸《の》ばす。

「……一志……」

俺はお前だけでいい。

他《ほか》に何もいらないから。

どうにか芹沢の首に指先が届き、俺は力の入らない腕で必死に縋《すが》りつく。

言葉が届かないのなら、こうすることしか俺にはできない。だから俺は想《おも》いを込めて、引き寄せた芹沢の頭を抱《だ》きしめた。

「くそ…っ」

小さな悪態が聞こえてすぐに、芹沢は俺の体を抱き返し激しい律動を与《あた》えてくる。

「あっ……あああッ……!」

快楽に貪欲《どんよく》な体は、従順だった。

けれど、それは支配を赦《ゆる》した唯一《ゆいいつ》の相手にだけ。

「ぁん……っ、ん…んんっ、んー…っ」

淫らな声を上げ続けている唇《くちびる》に吸いつかれ、俺は一心に貪《むさぼ》り返した。

唾液《だえき》が溢《あふ》れるほどのキスの間も、揺《ゆ》さぶりは荒々《あらあら》しくなる一方で。それに応《こた》えるかのように俺の体も卑猥《ひわい》に動く。

あとがないところまで追い詰《つ》められ、俺はもう自分がどうなっているのかわからなかった。

「冬弥……っ」

「やっ…あ、ん…っ、も……っ……」

キスの合間の掠《かす》れた囁《ささや》きが熱を煽《あお》る。

同化し掛《か》けていた塊《かたまり》がずるりと引き抜かれ、抜け出る寸前に深々と貫かれ——。

「…っふ、ぁ…あ、ああ……っ!!」

ビクビクッと下腹部が痙攣《けいれん》し、体を内側から焦《こ》がしていた熱が弾《はじ》け、白濁《はくだく》を吐《は》き出した。生暖かいものがぱたぱたと腹の上に散り、達した衝撃《しょうげき》で後ろを強く締めつけてしまう。

「……っ」

芹沢の息を飲む気配と共に、昂《たかぶ》りが体の中からいなくなった。

男の放ったものが自分の体を汚《よご》すのを確認《かくにん》し、ようやく俺は感じきっていた体から力を抜く。

どさりと落ちてきた体を受け止め、俺はゆっくりと目を閉じた。


——疲《つか》れた……。

ベッドに横たえられ介抱《かいほう》されているうちに、薄《うす》ぼんやりとしていた意識がだんだんとはっきりしてきた。

芹沢の欲望、もとい激情や怒《いか》りのままに無茶をされた体はあちこちが痛み、指一本動かすのが億劫《おっくう》に思えるほど倦怠感《けんたいかん》が激しい。

「気分はどうだ？」

「え？　ああ……うん……」

さすがに芹沢も酷《ひど》いことをしたという自覚があるのか、扱《あつか》いが丁重だ。

どろどろになっていた体を拭《ぬぐ》ってもらったのはもちろんのこと、寒いと呟《つぶや》けば引き裂かれたシャツの代わりに、昨日の朝放《ほう》っていったパジャマを着せてくれた。

これから手当てをするつもりなのか、下はまだ何も着せてはもらえてなかったけど。

「……ここまで無茶するつもりはなかったんだが……」

ということは、手加減はするつもりでいたけど、行為《こうい》自体は反省点ではないということか。

「……悪かった」

芹沢の謝る口調も歯切れが悪い。

ええと、どうしてこんなことになったんだっけ……。

何度か瞬《まばた》きを繰《く》り返し、ぼーっとする意識を明確にしていく。

昨日の夜、油断してつけられてしまったキスマークを見て、芹沢がキレたんだったよね。

俺が説明しようとしてるのに、聞きもしないで……。

——そうだよ。

だいたい、何で俺がこんな目に遭《あ》わなくちゃいけないんだ？

せっかく人が殊勝《しゅしょう》になって反省してやったってのに、こいつは勝手に誤解して、人の話も聞かずに乱暴しやがって…。

何か、だんだん腹が立ってきた。

むっつりとした顔になった俺を、芹沢は怪訝《けげん》な表情で見つめてくる。

「冬弥？」

「………」

そもそも、こんな男のために自信をなくしていることがおかしかったんだ。

飽《あ》きて捨てられるかもしれないなんて、気弱なことを考えること自体あり得ない。

「喉《のど》渇いた」

いつまでも寝《ね》ている気にはなれなくて、俺は重たい体に鞭打《むちう》って起き上がった。

芹沢が持ってきていたペットボトルを奪《うば》い取り、啼《な》かされ続けたせいでカラカラになってしまった喉を潤《うるお》す。

人心地《ひとごこち》ついた俺は、釈然《しゃくぜん》としない気持ちで芹沢を睨《にら》みつけた。

本当にこいつは……。

「――俺をこんなにしやがって」

「はあ？」

蓋《ふた》をしたペットボトルを床《ゆか》に投げ捨てた俺は、芹沢の襟首《えりくび》を摑《つか》んでベッドに引き倒《たお》し、その体の上に跨《また》がって体重で押さえつけた。

体格差で押さえ込まれてしまうと太刀打《たちう》ちできないけど、隙《すき》がある状態なら、俺にもこのくらいの芸当はできる。

「おい、どうしたんだ？　いきなり……」

芹沢は今まで見たことがないくらいに啞然《あぜん》とした顔で、俺を見上げてきた。

俺はポーカーフェイスを保ったまま、ベッドサイドにあるライトのコードを力任せに引き抜《ぬ》くと、それで芹沢の腕《うで》をベッドヘッドに括《くく》りつける。

芹沢本人には外せないくらいキツく縛《しば》り上げたあと、きちんと締《し》め直されていたネクタイを悪戯《いたずら》に引っ張ってやった。

「好き放題してくれたお返しだよ」

離《はな》れたくない？

ずっと傍《そば》にいたい？

だったら、縛って閉じ込めて——俺以外触《ふ》れさせないようにしてしまえばいい。

あとのことなんて関係ない。どうせ今は俺に夢中なんだから。

「全部、あんたが悪いんだからね」

今まで抱《かか》えていた鬱憤《うっぷん》を晴らすかのように、俺は吐き捨てた。

「そうなのか？」

芹沢はまだ理解しきれないといった顔つきで、俺を見上げている。

「そうだよ。あんたのことで俺が不安になってたなんて、ホント癪《しゃく》に障《さわ》る」

「――不安、だったのか？　お前が？」

「悪かったね」

「俺は何を不安にさせてたんだ？　できるだけ時間は取るようにしてたし、お前のわがままだって聞いてやっていただろう？」

「煩《うるさ》いな！　とにかく、ムカつくくらいあんたのことばっか考えるようになっちゃって、もうどうしていいか――あっ…」

また失敗した…。

ここまで云《い》うつもりはなかったのに、これじゃあ全部白状したも同じじゃないか……。

俺が……この俺がこんな……。

「冬弥……」

俺の言葉に驚《おどろ》いているのか、芹沢は微《かす》かに目を見開いた。

「何でお前なんか好きになっちゃったんだよ…っ」

「――冬弥」

呼ばれて見ると、驚きに固まっていた芹沢の表情が崩《くず》れているのに気が付いた。困ったような、それでいて嬉《うれ》しそうな顔。

「縛られてるくせに、何を嬉しそうな顔してるわけ？」

「いや、お前から『好き』だなんて、初めて聞いたなと…」

「…っ!!」

しれっとした態度で云われた言葉に、俺は絶句する。

——しまった…それだけが最後の砦《とりで》だったのに……。

俺からは絶対に云わないようにしてたのに、つい勢いに任せて云ってしまった。

「もう一度云ってみろよ」

「誰《だれ》が…っ！　それより、いい加減そのだらしない顔もどうにかしたら？」

「これは生まれつきだから、どうにもならないんだよ」

嘘《うそ》つけ。

いつもはそんな顔、ユキくらいにしか見せないくせに。

「好きなくせに、俺から離れようとしてたのか？」

「煩いな。もう、そのことはどうでもいいよ」

人の浅慮《せんりょ》な計画を、今更掘《いまさらほ》り返さないで欲《ほ》しい。

自分でもバカだと思うから、ちゃんと話もしてみようかともさっきは思ってたけど。こんなふうにして一気に色んな物がばれてしまってからじゃ、当初と予定が違《ちが》ってくる。

それこそ、もうこのまま知らないふりして逃《に》げちゃいたいっていうのに。

「俺から逃げるつもりだったんじゃないのか？」

「誰が『逃げる』って？　それを云うなら『捨てる』の間違《まちが》いでしょ？　あんたが俺のものなんだから、偉《えら》そうなこと云わないでくれる？」

摑んでいたネクタイを引っ張り直す。

「——へえ。そうだったのか」

初めて知ったと云わんばかりの口ぶりだ。

「何か、不満？」

「いや、特に。……それで、これは何のつもりなんだ？」

「もう無駄《むだ》に悩《なや》むのはやめたんだよ。色々とムカついたから、あんたの意志なんか関係なく繫《つな》いでおくことにした」

「繫いでおいてどうするんだ？」

「……そうだなぁ。やっぱ最初は、お仕置きでしょ」

怒《いか》りにまかせて散々俺を好きにして、話を聞こうともしてくれなかったんだから。

俺は婉然《えんぜん》と微笑《ほほえ》みながら告げてやる。

「しばらく監禁《かんきん》して調教するって手もあるよね」

「それは怖《こわ》いな」

「本気にしてなくない？」

できるものならやってみろと云いたげな態度が見え見えで、俺はカチンとくる。

どうしたら芹沢への嫌《いや》がらせになるだろう？

でも仕返しといっても、されたことをそのままやり返すのも芸がないし、別に俺はこいつに突《つ》っ込みたいわけでもない。

他《ほか》に何か、同性として辛《つら》いこと……あ、そうか。

「何する気だ」

「とりあえず、仕返し、かな」

さっき、散々好きにされたんだし、俺だって好き放題する権利はあるはずだ。

しゅるりとネクタイを解き、ワイシャツのボタンを外していくと、少しずつ筋肉の張った胸が露《あらわ》になっていった。

「……一つ訊くが、腕《うで》だけ縛《しば》っておいて俺が暴れたらどうするんだ？」

芹沢の云う通り、腕は縛ってあるけど足は自由なわけだし、本気で抵抗《ていこう》すれば俺なんかすぐに撥《は》ね除《の》けてしまうだろう。

ベッドは丈夫《じょうぶ》だから、縛りつけておくことは可能かもしれないけど。

だから俺は、こいつを言葉で縛《いまし》める。

「抵抗したら別れてやる」

「それは……色々と何かが矛盾《むじゅん》してると思うが……」

「いいよ別に？　別れたいんだったら暴れても」

俺は芹沢ににっこりと微笑み掛《か》ける。

自信満々に云《い》えるのは、芹沢がどれだけ俺に無茶なことをしようとも、拳《こぶし》をあげるような暴力だけは振《ふ》るわないだろうことを知ってるから。

しばらく難しい顔をしていた芹沢だったが、苦笑いを浮《う》かべて俺のほうに向けていた頭をどさりと枕《まくら》に落として云った。

「……降参だ」

「そうやって笑っていられるのも今のうちだよ？」

俺はそう云いながら、乱した襟元《えりもと》にキスを落とす。

ちゅ、と音を立てて皮膚《ひふ》を吸い上げつつ、ワイシャツのボタンを残らず外していった。

鎖骨《さこつ》の窪《くぼ》みを舐《な》め、胸板《むないた》に手を這《は》わせる。さらりと乾《かわ》いた肌《はだ》は、さっきの行為《こうい》の気配すら残していない。

こいつ、俺が意識なくしてる間にシャワー浴びてきたな……。

殊勝《しゅしょう》そうな顔しておいて、そんな余裕《よゆう》はあったのかと思うと、何だか悔《くや》しくなる。

俺は俄然《がぜん》やる気を出した。

指で弄《いじ》っていた小さな粒《つぶ》を口に含《ふく》み、舌先で転がす。吸ったり、軽く噛《か》んでみたりしてるのに、芹沢は何の反応も示さなかった。

「感じる？」

「……くすぐったいな」

「何だつまんない」

明確な反応を得られなかった俺はあっさりとその行為をやめる。

これで感じないんなら、ああするしかないか。

俺は芹沢の体を跨《また》ぐようにしていた体をずらし、ベルトに手を掛けた。

「お仕置きの割にサービスがいいじゃないか」

「すぐにそんな口利《き》けなくしてあげるよ」

緩《ゆる》めたウエストから目的のものを取り出して、まだ何の反応も示していないそれを手の中に握《にぎ》り込む。

やわやわと揉《も》み、筒状《つつじょう》にした手を上下させて擦《こす》ると、少しずつ硬度《こうど》を持ち始めてきた。

裏側を強く擦りながら、根元の膨《ふく》らみをも揉みしだく。先端《せんたん》を親指の腹で押すように撫《な》でると、だんだんと熱くなってきた。

「まさか、奉仕《ほうし》してもらえるとはな」

「ふぅん、まだ余裕あるんだ？」

平然とした声音に、俺は笑って返す。

そのポーカーフェイスをすぐに崩《くず》してやる。

手で扱《しご》いていた芹沢自身に、今度は唇《くちびる》を寄せた。先のほうをペロリと舐め、そのあとゆっくりと舐め下ろしていく。

全体に唾液《だえき》をまぶすかのように舌を動かすと、芹沢の欲望はすっかり勃《た》ち上がった。

「……やけに積極的だな」

「まあね。……っん」

声に驚《おどろ》きと焦《あせ》りが少しだけ入り交じってきた。気をよくした俺は、口での愛撫《あいぶ》に力を入れる。

先端を口に含むと、尖《とが》らせた舌で窪んだ部分を抉《えぐ》るように突つく。歯を立てないように気をつけながら喉《のど》の奥まで飲み込んでいき、唇で擦《す》れるようにそれを口から引き抜《ぬ》いた。

「ふっ……、ぅん……っ」

口に入り切らない部分には手を添《そ》える。

俺は芹沢を指と舌で丹念《たんねん》に丁寧《ていねい》に、時間を掛けて愛撫していった。

「………っ」

「気持ちいいでしょ？」

「…そりゃな……」

微《かす》かに芹沢の息が弾《はず》んでいる。舌に残る苦味が、相手の状況《じょうきょう》を如実《にょじつ》に伝えていた。

こいつに弱点は知り尽《つ》くされてるけど、俺だってこいつの弱い場所を知らないわけじゃない。

本気になればこれくらい、簡単なんだから。

「さて、と」

別にこいつを気持ちよくさせることが目的なわけじゃない。

あくまでお仕置き、困らせないといけないわけだ。

——あれを使うか。

俺はさっき外したネクタイを手に取ると、芹沢自身の根元にしっかりと巻きつけた。

「お前——」

「お仕置きって云ったでしょ？」

「く…っ」

そう簡単にイカせてなんかあげるわけがない。

芹沢の顔が痛みに歪《ゆが》むほどにキツく縛《しば》り上げたあと、口淫《こういん》を再開した。

「ん……」

わざとのように音を立てて先端を啜《すす》り、口の中に溢《あふ》れてきた唾液を塗《ぬ》りつける。

はち切れそうに膨らんだそれはドクドクと激しく脈打ち、集まった熱をどうにかしたいと訴《うった》えていた。

「ん……ふ………」

行為《こうい》を施《ほどこ》しているだけの俺の体も熱くなってくる。

窄《すぼ》めた唇で全体を扱くように顔を動かすと、硬《かた》いものに口腔《こうこう》の粘膜《ねんまく》を擦られる気持ちよさに、ゾクゾクとしたものが背筋を走っていく。

「……っ……」

括《くび》れた部分を舌先でくすぐって裏側の筋を指で撫でれば、苦しげな耐《た》えるような声が漏《も》れ聞こえてきた。

上目遣《うわめづか》いで見てみると、恨《うら》めしげな目で睨《にら》んでくる芹沢と視線がかち合う。

歯を食いしばり、声を噛《か》み殺しているみたいだけど、感じてるってことは見て取れた。

どう足掻《あが》いてもイケない苦しさなら俺にもわかる。

俺も同じ男だし、それより何より散々こいつにされたことがあるから。

芹沢は執拗《しつよう》に俺を高め、ギリギリのところで手を抜き、それでもイキそうになると昂《たかぶ》りを強く握り締《し》めて達することを力ずくで止める。

俺の理性が吹《ふ》き飛び、我を忘れて浅ましく乱れるようになるまで追い詰《つ》めるのだ。

あれを思えば、今していることなど可愛らしいものだと思う。

「おい……っ…」

いつまでもやめようとしない俺に苛立《いらだ》ったのか、芹沢は切羽詰《せっぱつ》まった声を掛《か》けてきた。

「何？」

ちゅっと音を立てて口元を離《はな》し、俺は顔を上げて返事をしてやる。

「……もう、いいだろう」

「ここで終わりにして欲《ほ》しいの？　それなら俺、今からシャワー浴びてくるけど」

暗に『放《ほう》っておくよ？』といった意味の言葉を返すと、ますます芹沢の眉間《みけん》に皺《しわ》が寄った。

「冬弥……！」

「こういうときは何て云《い》うんだっけ？」

「この……」

わざととぼけた口調で云うと、芹沢は悔《くや》しそうに歯噛《はが》みした。

いっつも俺には云わせてるくせに、自分じゃ云えないなんてことないよねえ？

「…………」

「『イカせて下さい』でしょ？」

「云えないんなら、ずっとこのままだけどいいの？」

欲望を指先でピン、と弾《はじ》く。

「……ッ」

息を飲んだ芹沢の先端《せんたん》の窪《くぼ》みをぐりっと指先で抉る。じわじわと漏れ出てきた液体が滑《ぬめ》り、下腹部が更《さら》に強張《こわば》った。

視線を合わせたまま、手にしたそれに口づける。

「……っ、……『イカせて…下さい』……」

とうとう観念した芹沢は、屈辱《くつじょく》だという表情をしながらもお決まりの台詞《せりふ》を口にした。

「よくできました」

俺は芹沢の言葉に満足して微笑《ほほえ》み掛けると、しゅっとネクタイを解き、限界まで膨《ふく》れ上がった欲望を口にする。

何度か唇《くちびる》で擦《こす》り、先を強く吸い上げてやるだけで芹沢は放埒《ほうらつ》を迎《むか》えた。

「んっ……」

口の中に広がる青臭《あおくさ》い苦味をごくりと飲み下して、俺は見せつけるように舌舐《したな》めずりをする。

「こういうのってされるとムカつくけど、するのは楽しいね。あんたの気持ちがちょっとわかった気がする」

相手を征服《せいふく》した気分になるというか。

同性であるが故により上の立場になりたいという願望があるんだろうか？

それとも、相手の全《すべ》てを支配してやりたいと思う欲求のせい？

今どんな気持ちでいるだろうかと組み敷《し》いた男に目をやると、獣《けもの》のような目つきで俺をじっと見つめていた。

「俺が欲しいって目してる」

「……冬弥」

「触《さわ》りたくてしょうがないんでしょう？」

「これを外せ」

「ダメだよ。これだけでお仕置きが終わると思う？」

俺がやめてって云っても、しつこく苛《いじ》めてくるくせに。

自分だけが許されると思ったら、大間《おおま》違《ちが》いだからね。

「いいから、早く外せ」

芹沢の声に焦《あせ》りが滲《にじ》んでる。

「誰《だれ》に命令してるわけ？　あんたはそこで指でもくわえて見てるんだね」

「この……」

「あ、縛《しば》ってあるから指もくわえられないか」

あはは、と笑いながら俺は芹沢の体を跨《また》ぎ直し、腹の上にペタリと座った。

「今度は何をする気だ……」

「んー、一種の放置プレイ…？」

顎《あご》に手を当ててしばらく考えていた俺は、そうにっこりと答えてみた。

そして、とめられていたパジャマのボタンを自分で外していく。

「おい、何考えてるんだ」

「あんたのことに決まってるだろ？……だから、あんたも俺のことだけ考えてればいいんだよ」

浮《う》かべていた笑《え》みを引っ込めて、真顔でそう告げると芹沢は黙《だま》り込んだ。

ゆっくりとはだけていく肌《はだ》に強い視線を感じる。

最後のボタンを外した俺は、熱を持ち始めていた自分の中心部にそっと指先を滑《すべ》らせた。

「……あ……」

先程《さきほど》の口淫《こういん》で感じかけていた体は、些細《ささい》な刺激《しげき》にも簡単に反応する。

それが自分の指であっても。

芹沢に見られているという事実が刺激となって、俺の欲望を煽《あお》り立てた。

「ん………っ、ぁ……はっ」

両手の指を絡《から》めながら思い出す。

この男がどう俺を扱《あつか》うか、どうやって俺を追い詰《つ》めるか。

濡《ぬ》れた瞳《ひとみ》で見つめてやると、こくりと喉《のど》を鳴らす動作が目に入る。

そうやって、もっと俺でいっぱいになればいい。

「──そうだ。さっきの、まだ残ってたよね？」

「何のことだ……？」

枕元《まくらもと》に放ってあった潤滑剤《じゅんかつざい》のチューブに手を伸《の》ばし、中に残っている量を確かめる。

これだけあれば、全然足りるよね。

「お前……っ」

それの使用目的を思い浮かべたのか、芹沢は一気に顔色をなくした。

「騒《さわ》がないでよね。抵抗《ていこう》したら、どうするって云《い》ったっけ？」

俺は手にしたチューブの蓋《ふた》を外し、中のジェルを手に取り、改めて脅《おど》しを掛ける。

「――本気か？」

「俺が冗談《じょうだん》にこんなもの使うと思う？」

「――」

黙り込んだということは、本気だと判断したのだろう。

こいつが黙るのは、だいたい図星を差されたときか、都合の悪いことを肯定《こうてい》せざるを得ないときかのどちらかだから。

予想通りの反応をする芹沢が可愛《かわい》くて、ついついくすりと笑ってしまった。

「怖《こわ》いんなら、見えないようにしておいてあげようか？」

「おい、冬――」

俺は返事も待たないまま、芹沢の目を空いていた手で塞《ふさ》ぎ、無防備になった口に自分のそれを重ねてやる。

開いていた唇《くちびる》からするりと差し込ませた舌で、口腔《こうこう》を蹂躙《じゅうりん》した。

「んっ、ぁ……ん……」

ヤケになっているのか芹沢は持て余していた情欲をぶつけるかのように、荒々《あらあら》しいキスを返してくる。

舌先を強く吸い上げられ、頭の中がちりちりと痺《しび》れた。仕返しに唇を噛《か》んでやると、今度は俺は口の中を掻《か》き混ぜられる。

そんなキスに応《こた》えながら俺は、ジェルが乗った手を自分の後ろへと伸ばした。

「……あ、んぅ………」

手早く後ろを慣らし、顔を上げる。

「サービスはおしまい。覚悟《かくご》はできた？」

「――冬弥…」

困惑《こんわく》の表情を浮かべる芹沢に微笑《ほほえ》み返した俺は、反り返った芹沢の中心に手を添《そ》え、自らゆっくりと腰《こし》を落としていった。

「ん……ん………」

唾液《だえき》で塗《まみ》れそぼっていた芹沢の昂《たかぶ》りは、簡単に俺の中へと飲み込まれていく。

体重を掛けると、充分《じゅうぶん》な硬度《こうど》を持ったそれは、俺を奥深くまで貫《つらぬ》いた。

「……く……」

入り込んできたものの大きさに、思わず眉《まゆ》をひそませる。

大きく息を吐《は》くと、複雑な表情を浮かべた芹沢の顔が目に入った。

「……入れられると思った？」

「………」

「そうしてあげてもよかったんだけど、俺入れるの好きじゃないし、何となく視覚的にも楽しくないでしょ」

「それはそうだな……」

自分のそんな姿を想像してるのか、芹沢は思いきり嫌《いや》そうな顔をしている。

「自分で動いちゃダメだからね」

俺はそう釘《くぎ》を刺《さ》してから、行為《こうい》を再開する。

芹沢の逞《たくま》しい腹に両手をつき、それを支えにして体を持ち上げた。

「……っ、ん……っ……」

さすがに力が入らない。

あんな無茶をされたあとだもんな。そんなに余裕《よゆう》があるはずない。

さっき、芹沢を引き倒《たお》したときに余力を使いきっちゃったみたいだ。

けど、一旦《いったん》火のついた体はそんなことにはお構いなしに疼《うず》いてる。

ちょっと、調子に乗り過ぎたかな……。

「あ、ん……っ」

頑張《がんば》って腰を浮《う》かそうとするのに、すぐに元に戻《もど》ってしまう。

「……冬弥、これを外せ」

「ダメ、だって……云ってるでしょ……？」

「頼《たの》むから外してくれ」

こっちのほうの余裕もなくなってきたけど、見るからに芹沢のほうが辛《つら》そうだった。

「んー……。……反省、してる？」

「ああ、してる」

間髪《かんはつ》入れずに返ってきた返事は誠実さが籠《こも》ってない気もしたけど、こんな状態じゃ仕方ないか。

俺も、そろそろこれだけじゃ物足りないし。

「……じゃあ、今日のところはこれで許してあげる」

芹沢のあんな顔を見られた俺は、珍《めずら》しく上機嫌《じょうきげん》だった。そうじゃなきゃ、まだまだ苛《いじ》め足りないと思ってたと思う。

「んっ」

繋《つな》がったままの体で腕《うで》を伸ばし、腕を縛《しば》っていたコードの結び目に手を掛《か》ける。

固く縛ったせいで、なかなか弛《ゆる》んでくれなくて四苦八苦していると、鎖骨《さこつ》のあたりに歯を立てられた。

「あっ。こら、悪戯《いたずら》しないでよ」

「目の前にあるんだ。ガマンきくかよ」

「ちょっ……解いてあげないよ――あっ！」

皮膚《ひふ》を吸われギクリとなった弾《はず》みで、結び目が緩《ゆる》む。固結びが一つほどけたあとはすぐだった。

「あ……っ、や……嘘《うそ》…ッ!?」

芹沢が力を込めて腕を左右に引くと、コードをコーティングしているビニール同士が滑《ぬめ》り、するすると緩んでいく。

縛《いまし》めから抜《ぬ》け出した男は、乗っかっていた俺を抱《かか》え、体勢を入れ替《か》えてベッドへ押さえ込んだ。

「やっぱり、この体勢が自然だろう?」

「お前……っ」

ほんの数秒前までの苦しげな表情は消え去り、今では不敵な笑《え》みさえ浮かんでいる。

「職業柄《しょくぎょうがら》、殊勝《しゅしょう》なふりは得意なんでね」

「っあ、ん……っ、この……悪徳弁護士……っ」

繋がった腰を揺《ゆ》さぶられ、抵抗《ていこう》するにも力が入らない。

油断……というか、判断ミスというか……。

俺は何度繰《く》り返せば気が済むんだ?

学習能力くらいついてるんだから、こいつがこういう男だってわかってるはずだろうに。

今更《いまさら》な後悔《こうかい》をしていると、腰《こし》を抱え直され、深々と体の奥を抉《えぐ》られてしまう。

「ん…っ、や、ぁ……あっ」

主導権を渡《わた》すために、腕を解いてやったわけじゃないぞ…っ。

恨《うら》みがましい視線をものともせず、芹沢はぐっと俺の腰を引き寄せ、隙間《すきま》なく繋がったその場所を掻《か》き回してきた。

「楽しませてもらったお礼をしてやらなくちゃな」

「っあ、ん……お前……っ、やっぱ出ていけ……っ」

「繋いでおきたいくらい、一緒《いっしょ》にいたいんだろう？」

「煩《うるさ》い……あっ、く、ぁ……っ」

離《はな》れたくないなんて思ったことから間違《まちが》いだったんだ。

いや、そもそも出逢《であ》いからして——。

与《あた》えられる律動と埋《う》め込まれた熱が俺を快感に落とし、意識を散漫《さんまん》にしていく。

「そうだ、一つ教えておいてやる」

「…な……だよ……っ」

こんな状況《じようきよう》で何を教えようって云《い》うんだよ！

もう余計な言葉なんか聞きたくない。

それなのに芹沢は律動を止め、体ごと俺を抱《だ》きしめて囁《ささや》いてくる。

「俺だって不安だったんだよ」

「え…？」

「ベッド以外じゃあんた呼ばわりな上に、何度云ってもウチに越《こ》してこようとはしない。泊《と》まりだって避《さ》けるようになられたら、誰《だれ》だって心配になるだろう」

「それは…」

「だからお前を手元に置いておきたかったんだ」

建て前なんかじゃない、情けない本音に俺は胸を締《し》めつけられた。

芹沢も俺と同じような気持ちでいたんだ……。

自分だけが不安に苛《さいな》まれていたわけじゃないということを知って、肩《かた》の力が抜けていくようだった。

「だけど、ようやく聞きたかったことも聞けたし」

「何を…？」

「俺も『好き』だからな、冬弥」

「……っ」

思わず息を飲んだ唇《くちびる》に、啄《ついば》むような軽いキスをされた。

迂闊《うかつ》に口にしてしまった二文字を言質《げんち》に取られた俺は、ぐっと言葉に詰《つ》まってしまう。

「次はその口で、『愛してる』って云ってみろよ」

芹沢は自信に満ち溢《あふ》れた口調でそう促《うなが》した。

調子に乗るのもいい加減にしろよ？　誰が云うか、そんなこと！

俺は息を吸うと、芹沢の耳元で大声で云ってやった。

「――お前なんか大っ嫌《きら》いだ‼」

禁欲トラップ

Kinyoku Trap

1

会議室を後にし、廊下《ろうか》を歩きながら腕時計《うでどけい》に視線を遣《や》った俺、辻井忍《つじいしのぶ》は、そこで初めて思った以上に時間が経《た》っていたことに気付いて、眉《まゆ》を顰《ひそ》めた。

予想していた終了《しゅうりょう》時間を一時間も過ぎてしまっている。

「…かなり遅《おそ》くなっちゃったな」

いつもならもっと早く終わるのに、今日は報告が多かったせいでだらだらと会議が長引いてしまったのだ。

夏休みを目前にして、だらけつつある校内に睨《にら》みをきかせなくてはいけないこの時期、風紀委員は忙《いそが》しい。

おまけに引退まであと数ヶ月ということもあり、風紀委員副委員長の俺は、特に最近仕事が多くて遅くなりがちだったりする。

まずいな…。絶対にあいつ、待ちくたびれてるよ。

「急がないと」

俺はカバンを小脇《こわき》に抱《かか》えると、待ち合わせ場所の屋上へ急ぐべく、階段を駆《か》け上がった。

待ち合わせの相手は、一つ年下で二年の日高紘司《ひだかこうじ》。現在進行形で付き合っている、世間で云うところの『恋人《こいびと》』だったりする。

去年まで、風紀委員のブラックリストに載《の》っていた問題児だった日高と付き合うようになったのは、今向かっている屋上でのうのうと昼寝《ひるね》をしているあいつを見つけたのがきっかけだった。

それからというもの、強引《ごういん》に迫《せま》られ口説かれ押し倒《たお》され…いつの間にか、日高を好きになってたんだ……。

後悔なんかこれっぽっちもしてないけど、日高のことになるといまいち冷静さを欠いてしまう自分には困り果ててたりする。

どうしていいかわからなくなるほど好き過ぎて、平常心ではいられないんだ。

あいつだって、悪い。

人の顔を見る度《たび》、『可愛《かわい》い』とか『綺麗《きれい》』とか云ってきやがるんだ。そんなの男に向けて使う言葉じゃないっていうのに。あいつの目は、ちょっとおかしいに違《ちが》いない。

確かに、色素の薄《うす》い焦《こ》げ茶の髪《かみ》とか、無駄《むだ》に大きい瞳《ひとみ》とか、不必要に長い睫《まつげ》なんかは男らしいとは云い難《がた》いかもしれない。でも、褒《ほ》められるべきものじゃないと思うんだよな……。

「ごめん、ひだ――」

息を弾《はず》ませて階段を上りきった俺は、待ち合わせ場所の屋上の扉を勢いよく開けながら云いかけ、すぐに言葉を飲み込んだ。

一人で暇《ひま》を持て余しているだろうと思っていた日高の前に、見慣れぬ小柄《こがら》な生徒の姿があったのだ。

何で、こんなところに人がいるんだ…？

立ち入り禁止の屋上の鍵《かぎ》が壊《こわ》れていて、好き勝手に出入りできることを知っている生徒なんか、ほとんどいないはず。

それこそ、俺と日高、それに風紀委員長である親友の片岡遼一《かたおかりょういち》くらいのものだと思ってたんだけど。

「先輩《せんぱい》」

驚《おどろ》いて思わず立ち竦《すく》んだ俺を見つけた日高は、ふっと表情を和《やわ》らげた。

――――う…。

他《ほか》には滅多《めった》に見せない笑顔《えがお》で見つめられ、俺の鼓動《こどう》が弾んでしまう。

ああもうっ、いちいち俺も反応し過ぎだよな！

「あ…っ！」

嬉《うれ》しそうな日高の声につられて振《ふ》り返ったその生徒は、俺を見るなり真っ赤な顔になったかと思うと、次の瞬間《しゅんかん》にはダッシュで俺の横を駆け抜《ぬ》けていってしまった。

「……？」

な、何だったんだ、今のは……？

でも、あの顔には見覚えがある。確か、今年の一年の中じゃ一番可愛いって評判の…水越雅人《みずこしまさと》…？

「今の子、どうしたんだ？」

俺は呆然《ぼうぜん》としながらも、日高のほうへと歩み寄る。

「さあ？」

「さあって、今、あの子と話してたじゃないか？」

気のない返事をする日高を追及《ついきゅう》すると、ようやくひょいと肩《かた》を竦め、鬱陶《うっとう》しそうに口を開いた。

「…俺に用事があったんだと。だから跡《あと》をつけてきたって云《い》ってたな」

「あ、跡⁉　ど、どうして、そんなこと…」

「知るか。一方的に喋《しゃべ》って、これを押し付けていきやがった」

何気なく目の前に上げられた日高の指に摘《つま》まれていたのは、どこにでもあるような白い封筒《ふうとう》だった。

ただ気になるのは、その宛名《あてな》に『日高紘司様』と丸っこい字で書かれていたこと。

「…っ⁉」

俺は驚きに目を見開いた。

そ…それって、いわゆる、その…ラブレターって奴《やつ》なんじゃないのか？

今時、そんな古風なことをする奴がいたんだ……じゃなくて！

「どうするんだよ、それ⁉」

「どうもしない。捨てるだけだ」

心底迷惑《めいわく》そうな顔でそう云うと、日高は手紙を破り捨てようとした。

「このバカ‼　受け取った手紙を読まずに捨てる奴があるか！」

ついそう云ってしまったけれど、何となく胸のあたりがモヤモヤする。

だけど、内容がどうあれ、手紙を読まずに捨てるのはやっぱりよくないと思うし…。

「……ちゃんと読めよ」

俺は複雑な気持ちを表情に出さないよう、気を付けながら呟《つぶや》いた。

きっとあの子は、勇気を振り絞《しぼ》って、日高に手紙を渡《わた》しにきたに違いない。それなのに、読まずに捨てられてしまうのは、何だか可哀想《かわいそう》だ…。

だって、もしも俺が同じ立場だったら、日高と直接向き合うことだけでも、緊張《きんちょう》しちゃってダメだと思うんだよね。

切れ長の瞳にすっきりと整った鼻梁《びりょう》。パーフェクトな容貌《ようぼう》とスタイルに硬質《こうしつ》な空気をまとわせている日高は、見るからに近寄り難《がた》い雰囲気《ふんいき》がする。

それに、少し長めの前髪《まえがみ》や漆黒《しっこく》の髪は、野性的で迫力《はくりょく》があるし。

あの鋭《するど》い視線で見つめられると、今だってドキドキするっていうのに、慣れていなかったら話し掛《か》けることさえできないかもしれない。

「なら、あんたが読めよ」

日高はビリビリと乱暴に封《ふう》を切り、抜き取った中味だけを俺に差し出してきた。

「読めって云ったって、これはお前宛《あ》てのものじゃないか」

「読まないなら捨てるけど」

焦《あせ》って押し返した手紙を日高は、すぐに手の中で丸めようとする。

「こらこらっ、読むよ！　読むから丸めるなって!!」

俺は慌《あわ》てて、日高の手からくしゃくしゃになりかけた手紙を奪《うば》い取った。

危なかった……。このままゴミ箱行きになるところだったよ。

自分宛てじゃない手紙に目を通すのはかなり気が退《ひ》けるけど、目の前で破り捨てられるよりはマシだよな…。

俺はそう自分に云い聞かせ、折り畳《たた》まれた手紙を日高の前に広《ひろ》げた。

えーと……。

「…………」

……目に入った文面は、予想通りの内容過ぎて、俺は何とも云えない複雑な気持ちになった。

勇気を振り絞って、の割には率直《そっちょく》な内容だと思うけど……。

好きだから付き合って欲しいという内容の文末にはクラスと名前、それに携帯《けいたい》番号までが書いてあった。

――一年一組、水越雅人。やっぱり、噂《うわさ》の一年だ。

「と、とにかく、ちゃんと返事はしろよ」

俺がそう云《い》うと、日高は不機嫌《ふきげん》丸出しの顔で見つめてくる。

「まさか、こいつと付き合えって云うんじゃないだろうな？」

「ばっ、バカ云え！　誰《だれ》がそんなこと云うかよ！」

お前は、俺がそんなこと望むとでも思ってるのか？

「そうじゃなくて、ちゃんと断ってこいって云ってるんだ」

「……面倒臭《めんどうくせ》ぇな」

日高はため息混じりに呟いた。

「面倒臭くても、受け取ったものに対しての返事はちゃんとする！　それが人としての礼儀《れいぎ》だろ？」

「……ちっ、わかったよ」

しばらく間はあったけど、ようやく日高は渋々《しぶしぶ》といった態度で、俺の言葉を承諾《しょうだく》してくれた。

日高は一度約束したことを破るような奴じゃないから大丈夫《だいじょうぶ》だろう。

……これで、よかったんだよな？

「それじゃ、もう帰ろ……日高？」

ところが、歩き出そうとした途端《とたん》、日高が俺の二の腕《うで》をガシッと摑《つか》んだ。

「で？　あんたは代わりに何してくれるわけ？」

「代わりって…何云ってるんだ。ほら、さっさと帰るぞ」

嫌《いや》な予感がしてくるりと背中を向けると、次の瞬間《しゅんかん》、後ろから日高の腕の中に抱《だ》き込まれた。

「俺は読む気もない手紙を読まされた挙げ句、返事までしなくちゃいけないことになったんだぜ？　それ相応の見返りがあって当然だろ」

「なっ……」

日高は抱き込んだ俺の体を、慣れた手付きで撫《な》で上げてくる。

衣替《ころもが》えで薄《うす》くなったばかりの布地は、その指の感触《かんしょく》をまざまざと俺に伝えてきて。

「こらっ、日高！　やめろってば！　ここをどこだと…っ」

「立ち入り禁止の屋上だろ」

わかってるなら、即刻《そっこく》この手を離《はな》せ！

捕《と》らえられた腕の中でジタバタとするけれど、屋上の柵《さく》近くじゃ、危なっかしくて本気で暴れることなんかできっこない。

「誰かに見られたらどうすんだ！　学校ではこういうことするなって、何度云ったらわかるんだよ!?」

「誰も来ねぇよ」

そう云って、日高は俺の首筋をゆっくりと舐《な》め上げた。

「ひゃ…っ」

生暖かいぬめった感触に全身の力が抜《ぬ》け、ガクンと腰《こし》が砕《くだ》けてしまう。抱きかかえられていたお陰《かげ》でみっともなく倒《たお》れなくて済んだけれど、よろめいた弾《はず》みで、俺は前屈《まえかが》みに柵にしがみつくハメになった。

「あれだけで、もう腰にきたのか？」

「煩《うるさ》い！　誰のせいだと思ってるんだ！」

こんなになる原因も要因も全部、お前だろうが！　俺は悪くないぞ!!

「わかってるよ。俺のせいだって云いたいんだろう？」

「わかってるなら――ちょっ、おい！　こら！」

全然わかってないじゃないか！

日高は更《さら》に俺の体に腕を絡《から》ませて、薄手《うすで》のシャツの上から、胸元《むなもと》を弄《いじ》り出す。そして、目的のものを見つけると、布地ごとそれを摘《つま》み上げた。

「んっ」

思わず声を上げた俺の首筋に、日高はキスを一つ落としてくる。

「…こうやって感じるのも、俺のせい？」

そう云うと、日高は片手で胸の突起《とっき》を捏《こ》ね回しながら、もう一方で俺のウェストを素早《すばや》く緩《ゆる》め、その中にするりと手を侵入《しんにゅう》させてきた。

「や…ぁ…っ」

必死で意識しないようにしていた体の中心部を下着越《ご》しに包み込まれ、俺は思わず息を飲む。

「…っ！　やだ…っ、こんなとこで……」

「恥《は》ずかしいのが燃えんだろ？　嫌だって云ってるときのほうが感じてるくせに」

「なっ……誰が――っあ！」

反論しようとした途端、手にやんわりと力が込められて。熱が集まり始めていたそこは、待ち焦《こ》がれていた刺激《しげき》にビクリと震《ふる》えてしまう。

こんなとこ誰《だれ》かに見られたら――そう思うだけで、日高の云う通り、更に体は熱を帯び始め……。羞恥心《しゅうちしん》と背徳感が、ちくちくと俺の胸の内を苛《さいな》んでくる。

「ほら。ここは触《さわ》って欲しかったって云ってるぜ」

すでに体で覚えさせられた、日高の手の形と指の動き。

知り尽《つ》くしているはずなのに、なんで俺の体は触《ふ》れられる度《たび》に過剰《かじょう》に反応してしまうんだろう？

「云って…ない…っ」

それでも俺は、必死で理性を気合いで繋《つな》ぎ止め、口先だけでも体裁《ていさい》を保とうとした。

だって風紀委員の俺が、こんな場所での行為《こうい》を許すわけにはいかないしっ！

「——意地っ張り」

だけど、そんな俺を背後からくっと笑う気配がして。俺は取り繕《つくろ》おうとしていた自分を見透《みす》かされたような気がして、羞恥《しゅうち》でカアッと頭に血を上らせてしまった。

「あ、あぁっ」

ぐっと下着を下げられて、成長しかけていた中心を直接握《にぎ》り込まれると、腰の奥がずくんと疼《うず》いてしまう。

震える足と柵を掴んだ両手で体を支えるのが精一杯《せいいっぱい》で、俺はゆっくりと上下に擦《こす》り始めた日高の手を押さえることもできない。

「いいって云《い》えよ」

「ぁ…あ、あ……っ」

先端《せんたん》を指の腹で撫《な》で回され、ぬめった感触にゾクリと背中が粟立《あわだ》った。

こんな刺激だけで、どうして濡《ぬ》れてきちゃってるわけっ!? 本当に俺の体って…。

「も…っ、や…だ…っ」

「本気で嫌《いや》なら抵抗《ていこう》すればいいだろ」

「!!…んなの…っ」

日高はそう云って、わざと指先で括《くび》れた部分を強く擦り上げる。

「できないのか?」

「――っ‼」

ずるい――。

そんなの無理に決まってる。

実力行使に出られたら、拒《こば》めないって知ってるくせに。

「あっ、や…ぁ、も……――あっ⁉」

せめてと思って首を左右に振《ふ》ると、今にも弾《はじ》けてしまいそうな俺自身に絡み付いていた指を、なぜか外されてしまった。

行き場を失った欲望が、体の内で渦巻《うずま》いて。堪《こら》えきれず、膝《ひざ》がガクンと折れる。

荒《あら》い呼吸を繰《く》り返しながら泣きそうな声で云うと、平然とした口調が返ってきた。

「…いじわる…っ」

「素直じゃないあんたが悪いんだろ」

云いながら日高は膝を突くと、柵に摑まって前のめりに寄り掛かる俺の腰をぐっと引き寄せ、唇《くちびる》に指を押し当ててくる。

「何…？」

「舐《な》めろよ」

「な……っ」

何で？　と問う間もなく指先を唇の中に押し込まれ、口腔《こうこう》を掻《か》き混ぜられた。

「しっかり濡らさないと、辛《つら》いのはあんたのほうだぜ？」

「んっ、ぅ……く……」

無理矢理口を開かされているせいで、声を堪えることも、苦情を告げることもできやしない。好き勝手に動くそれを舌で押し出そうとすると、上顎《うわあご》をくすぐられ、ざわざわとしたもどかしさに泣かされるハメになるし。

「ふ…っ、…っあ…ん…」

柔《やわ》らかな粘膜《ねんまく》や舌を擦られてしまうと、甘い痺《しび》れが背筋を伝って、拒もうとする気持ちを有耶無耶《うやむや》にさせる。

「…んぅ、んんっ……」

息を吸おうとしても、口の中で蠢《うごめ》くその指が邪魔《じゃま》をして、上手くいかなくて。ネクタイをきっちりと締《し》めた首回りが、次第《しだい》に息苦しくなっていく。

「あ……！」

やっと、唾液《だえき》の絡《から》んだ指が口から抜《ぬ》かれたかと思うと、すぐに濡れた指先が後ろの狭間《はざま》に忍《しの》び込んできた。

探《さぐ》るようにして窄《つぼ》まりを見つけだした日高は、ゆっくりとその指を内部へと押し込んでいく。

「っぁ、ぅん…っ」

痛みもなく、濡れた異物を受け入れた俺の内部は、節の太い日高の指をきゅっと締め付ける。

入り口の浅い部分を揉《も》み解《ほぐ》しながら、ヒクつく内壁《ないへき》を押し拡《ひろ》げられていくと、触れられてもいない欲望の先端から雫《しずく》が伝い落ちていった。

「あ…あっ、や…ぁあ…っ」

増やされた指で何度も抜き差しを繰り返される内に、初めは燻《くすぶ》っていただけの体の熱が、次第に手に負えないほどに昂《たかぶ》ってしまって――。

「も…いい、から…っ」

訪《おとず》れた限界に、とうとうそんな言葉が俺の口をついて出る。

「何がもういいって?」

我《わ》が意を得たりと云いたげな日高の声音を悔《くや》しく思いながらも、俺は消え入りそうな声でねだる。

「…早く………れて……っ」

「上出来、かな」

短い言葉のあと、熱の塊《かたまり》が疼《うず》く蕾《つぼみ》にひたりと押し当てられた。

「あ…っ――」

蕩《とろ》けた粘膜を掻き分けるようにして入り込んできたそれは、質量も存在感も圧倒《あっとう》的で、俺は思わず息を飲む。

「んんっ、は…っ」

繋《つな》がった場所ばかり意識してしまうせいで、呼吸の仕方を思い出せない。

「……先輩《せんぱい》…ひでーよな…」

すると、俺の中に全《すべ》てを埋《う》め込んだ日高が、苦々しく呟《つぶや》いた。

「え……?」

――日高…?

「返事してこいなんてさ、俺のことはどうでもいいわけ?」

「は…?」

な、何云《い》ってるんだよ、お前は!

「そんなわけあるか!! 俺は――っあ、ん…っ!」

言葉の途中《とちゅう》で、奥まで入り込んでいた昂りを、突然《とつぜん》ギリギリまで引き抜かれ、すぐに勢いよく突《つ》き上げられる。

体内を擦《こす》り上げるその感触《かんしょく》に、泣きたいほどの快感が爪先《つまさき》から頭のてっぺんまで走り抜けた。

「…とりあえず、お仕置きだろ?」

そんな不遜《ふそん》な台詞《せりふ》を吐《は》きながら、日高は何度も何度も俺を突き上げる。その度に、俺の喉《のど》の奥から甘ったるい声が零《こぼ》れ落ちて。

「やっ、あ、あ、ぁあ…っ」

「先輩、やっぱり体は素直だよな」

日高は、無意識に腰を燻《くゆ》らせた俺の中心を包み込み、滴《したた》り落ちる体液を塗《ぬ》り込めるかのようにして長い指でそれを扱《しご》いた。

——も…ダメ…。

ガマンできない…かも。

「…あ……ぁあ…っ‼」

先端《せんたん》を爪《つめ》の先で引っ掛《か》かれたのが引き金になり、限界まで膨《ふく》らんでいた快感が一気に弾《はじ》ける。

そして、震《ふる》えながら日高の手に生暖かい欲望の証《あかし》を吐き出したのと同時に、昂りを飲み込んだ後ろがキツく締まって……。次の瞬間《しゅんかん》、俺は体の最奥で日高の熱を感じたのだった——。

日が傾《かたむ》き始めたお陰《かげ》で少しだけ涼《すず》しくなってきたけれど、日光の真下での行為《こうい》は、俺の体力をいつも以上に消耗《しょうもう》させていた。

倦怠感《けんたいかん》が全身を包み、膝《ひざ》には全く力が入らない。そんな状態で、俺は柵《さく》にもたれ掛かるようにして座り込んでいた。

と、云うか…何でまた…こんな場所でエッチなんかしちゃったんだろ…。

「バカ日高！」

自己嫌悪《けんお》で動く気になれず、俺は差し出された日高の手を撥《は》ね除《の》ける。

「だから、抱《だ》いていってやるって云ってるだろう」

「嫌《いや》だ。そんなに早く帰りたいんだったら、一人で先に帰れ」

「何云ってんだ。あんたを置いていけるわけないだろう？　意地張ってないで、素直に甘えろよ」

「誰《だれ》が意地張ってるって…？」

お前がそれを云える立場かっ!!

……無理矢理あんなことしたくせに。

抵抗《ていこう》しきれなかった俺もいけないとは思うけど、基本的にお前が仕掛《しか》けてこなければこんなことにならなくて済んだんだ！

全く…いつもいつもいつも！

二人きりになる度に、どこでだって手を出してくるんだから!!

毎日学校だってあるのに、何もなかったときなんか、片手で数えても余るくらいしかないってどういうことだよ。

「学校ではこういうことはするなって云ったのを覚えてないのか、お前は！」

「…いい加減、それも聞き飽《あ》きた」

日高は、うんざりとため息を吐く。

「でも、今回のは先輩が悪いんだぜ？……無神経なこと云いやがるから…」

俺の前に腕《うで》を組んで立っていた日高は、納得《なっとく》いかないといった表情で、ふいっと顔を横に背けてしまう。

そのせいで、俺は日高の最後の呟《つぶや》きを聞き取ることができなかった。

「何か云ったか？」

「別に」

投げやりな答えにムッとする。

「もし、こんなところを誰かに見られたらどうするんだよ。俺もお前も謹慎《きんしん》じゃ済まされないだろうが」

それに、まがりなりにも俺は風紀委員副委員長なんだし！　このところ、ずっと日高に流されっぱなしだったけど、もっと厳格に臨むべきだよな。

「そんな失態、俺がするわけないだろ」

「結果論を聞いてるんじゃない。今までは運がよかっただけかもしれないじゃないか。ここにいることだって、本当は校則違反《いはん》なんだぞ。バレたりなんかしたら…」

「だったら…っ！」

それこそ、大変なことになってしまう。

学校内で人目を憚《はばか》らずに二人きりになれる場所なんてそうそうあるわけじゃないから、見ないふりをしてきたけれど。ちょっと自分にも甘くなってたかもしれない…。

「先輩《せんぱい》は心配しすぎなんだよ」

「心配して何が悪い。それに、お前のその格好！　夏服でもネクタイは着用って校則で決まっているだろう」

一時はちゃんとしてくれてたのに、最近また前みたいにだらけてきてないか？

そんなんじゃ、また校則違反者のブラックリストに逆戻《ぎゃくもど》りだろうが。

「このところ暑いんだから、そのくらい大めに見ろよ」

「お前、俺が風紀委員だってこと忘れてるんじゃないだろうな？」

「…………」

日高はもう一度ため息を吐《つ》いて、黙《だま》り込む。

「とにかく！　しばらく、こういうのは禁止だ」

「こーゆうのって、何だよ」

「……っ」

不遜《ふそん》なオーラを醸《かも》し出す日高に、俺は一瞬怯《いっしゅんひる》んでしまう。

——う…ここで負けちゃダメだっ！

「えっ、エッチなことに決まってるだろ!!」

「…………何だよそれ？」

「う、うるさいなっ！　もう絶対にエッチ禁止!!　返事は？」

ビシリと云《い》うと、日高は釈然《しゃくぜん》としない表情を浮《う》かべ、ようやく——頷《うなず》いた。

「仕方ねーな、わかったよ」

……よかった。気のない返事にちょっとした不安は感じるけれど、これでしばらくは大丈夫《だいじょうぶ》かな。

『何か』あってからじゃ遅《おそ》いんだし、やっぱりこうやって、俺がしっかりと手綱《たづな》を締《し》めてやんないと！

そう決意して、俺はキリリと口元を引き締めたのだった。

2

すっかり恒例《こうれい》になった日高のマンションでの週末。

昨日はご飯を食べて、テレビを見て、勉強して。信じ難《がた》いことに、そのあと何事もなく就寝《しゅうしん》した。

『エッチ禁止令』を出してから、今日で三日目か…。日高もようやく、自制がきくようになってきたってことかな？

いつも会うとすぐって奴《やつ》が、この数日はちゃんと約束を守って手を出してこなかったのはエライかもしれない。日高が反省してるなら、そろそろ解禁してもいいかもな。

俺だって、日高とああいうことをするのが嫌なわけじゃない。ただ、時と場所を選んで欲しいってだけなんだし――。

なんて思った矢先、シンクの前でエプロンをつけて昨晩の分の洗い物をしていた俺の背後に、不穏《ふおん》な気配がした。

「……何をやってるんだ、日高？」

するりと巻き付いてきた腕に、腰《こし》を抱《だ》き寄せられ、背中が日高と密着する。その間も蠢《うごめ》く手の感触《かんしょく》が、エプロン越《ご》しに伝わってきて……。

おいこら、どこ触《さわ》ってるんだ！

「たいしたことじゃないから、気にしなくていい」

気にしなくていいって…俺の腰回りを撫《な》でてるのは、お前の手じゃないのか…？

……ったく、こいつは誉《ほ》めた矢先に…。

俺は邪魔《じゃま》してくる手を気にしないようにしながら、何とか最後の一枚を洗い終え、流れていた水道を止めた。

「今すぐやめないと、怒《おこ》るぞ」

いきなり怒鳴《どな》り付けるのも大人気ないと思い、俺は平然を装《よそお》った動作で濡《ぬ》れた手をタオルで拭《ふ》きながら、静かに忠告する。

「いいだろ、ちょっとくらい」

――ちょっと、って手付きじゃないだろ、それ！

解禁しようと思ってたけど、『禁止令』は続行だ！　これじゃ、どこにも反省の色が見えないじゃないか!!

「こら、やめないか！　日高…っ」

落ち着こうとは思っていても、さわさわと動く指が服の下の肌《はだ》をざわめかせる。

湧《わ》き上がる覚えのある感覚に、俺は次第《しだい》に焦《あせ》り始めた。

「ちょ……、待っ……んっ」

無遠慮《ぶえんりょ》な手をがしっと摑《つか》み、引き剝《は》がそうと頑張《がんば》ってみたけど、びくともしない。

悔《くや》しいことに、未《いま》だかつて日高に力で勝ったことがないんだよな、俺…。同性として情けないったらない。

でも、だからってここで諦《あきら》めたら、またずるずると流されちゃうに決まってる。

「離《はな》せ…っ！　どうしてお前はそう、我慢《がまん》がきかないんだ!!」

「仕方ないだろ。あんたのエプロン姿の腰がそそるから悪い」

「…んなの、知るか…っ！」

お前と同じのをつけてるだけなのに、どうしてそういう云《い》い方をされなくちゃいけないんだよっ。

恥《は》ずかしくて他人には絶対に云えないけど、このエプロンは二人で買いにいったお揃《そろ》いだったりする。

必死にやめさせようとしたのに、どうしてもって云われて、最終的には日高に押し切られてしまったのだ。

俺はこんなバカップルみたいな真似《まね》したくなかったのに……。

「先輩《せんぱい》だって、そろそろしたいって思ってたんだろ？」

「……っ⁉　だ、誰《だれ》がそんなこと思うか！」

まさか、俺が解禁にしてもいいかなって思ってたことがバレたのか⁉

…って、そんなわけないか。

単に日高の欲望（?）と、俺の気持ちの緩《ゆる》みが被《かぶ》っただけの話であって――。

「やめろって云って――⁉」

まとわりつく日高の腕《うで》を何とか払《はら》って逃《のが》れたけど、またすぐに捕《つか》まってしまった。

今度は前から抱きしめられ、こめかみに唇《くちびる》を押し当てられる。

うわ……。

柔《やわ》らかな感触が、思いっきり恥ずかしい。

「あんただって、悪い気しないんだろ?」

「あのなあ!…っ、く……」

俺の抵抗《ていこう》など意にも介《かい》さず、日高の手は背中から腰、そして尻《しり》へと辿《たど》っていく。

だけど、指先が布越しに後ろの狭間《はざま》へと潜《もぐ》り込んできたとき、とうとう俺の堪忍袋《かんにんぶくろ》の緒《お》が切れた。

「いい加減にしろ‼」

拳《こぶし》を力一杯《ちからいっぱい》日高に向けて叩《たた》き込むと、見事なボディーブローが奴《やつ》の腹に決まってしまった。

「う…っ」

――やば…。

日高は苦しげに呻《うめ》くと、前屈《まえかが》みになって殴《なぐ》られた腹を抱《かか》えながら、俺に恨《うら》めしそうな目を向けてくる。

「…加減を覚えろって云ってるだろ……」

しようとは思ってるけど、咄嗟《とっさ》のことで上手くいかないんだよ！

「ったく、相変わらず手が早いっつーか」

「そ、そうさせるお前が悪いんだろ…。エッチなことは、しばらく禁止だって云っただろうが！」

「触っただけだ」

平然とそう答える日高に、俺は唖然《あぜん》としてしまう。

あれのどこが、触っただけなんだ⁉

「触るだけの手付きが、何であんなにやらしいんだ！」

キッと視線に力を込め反論する。

殴ったことはちょっとだけ申し訳なく思うけれど、ここで謝ったら俺の負けだ。

「……昨日はちゃんと我慢しただろ」

「誰が昨日だけだなんて云ったんだよ」

都合よく解釈《かいしゃく》しやがって。

「あんたが誘《さそ》ってくるから悪いんだ」

「………。……何度も云うようだけど、断じて俺は誘ったりしてない」

相変わらずの云い分に、頭が痛くなる。

俺がいつ、どこで、どういうふうにお前を誘ったって云うんだ？

「体が誘ってんだよ」

――このやろう…。

そんなわけあるかって云うんだ！　勝手なことばっか云いやがって。

「……ま、まあいい。百歩譲《ゆず》ってお前の云う通りだとしても、少しくらい我慢してもいいんじゃないか？」

このまま云い争っていても、堂々巡《どうどうめぐ》りなだけだし。俺は込み上げる怒《いか》りをぐっと抑《おさ》えて、日高の云い分にちょっとだけ譲歩《じょうほ》することにした。

「我慢なんかしてたら体に悪いだろ」

「はあ？」

何だ、その身勝手な理由は⁉

そういう奴だってわかってたけど、何か無性《むしょう》に腹立たしい。

「先輩こそ、どうなんだよ」

「どうって……」

「我慢できるわけ？」

「あ、当たり前だろ⁉」

バカにしやがって…っ。

お前じゃないんだから、俺はそのくらいの自制心は持ってるよ！

「本当に？」

不遜《ふそん》な表情でじぃっと見つめながら、日高は重ねて訊《き》いてくる。

……こいつは、本当に俺をなんだと思ってるんだ…っ！

「俺をお前と一緒《いっしょ》にするな！」

つい気持ちが昂《たかぶ》ってしまい、俺はそう怒鳴《どな》りつけてしまった。

云い過ぎたかな、ってすぐに後悔《こうかい》したけれど、口にしてしまったものを取り消すことはできない。

「…………」

日高は黙《だま》り込むと、静かに息を吐《は》いた。

「――わかった」

「え…？」

きっぱりと云いきられ、俺は瞠目《どうもく》する。

「そんなに云うんなら、今後一切《いっさい》、あんたに手は出さない。それでいいんだろう？」

「一切って……」

「あんたから『抱《だ》いてくれ』って云うなら別だけどな」

「だ…っ、誰《だれ》がそんなこと云うかっ！」

「じゃあ、決まりだな」

そっけなく云い放つと、日高はキッチンから出ていってしまう。

投げ付けられた言葉が冷たかったのは、俺の気のせいだろうか？

「…何だよ」

本当は、今日こそ『もう許してやるよ』って云うつもりだったのに。なのに、どうしてこんなことになっちゃったんだろう。

「…でも、きっと二、三日のことだよな」

あいつのことだ。どうせまた、今日みたいに手を出してくるに決まってる。

――そしたら、今度は怒らないようにすればいいんだから。

俺はそう思い直し、中断していた作業を再開した。

3

どうせ日高のことだから、すぐに挫折《ざせつ》するもんだって決めつけてた俺が甘かった。

そりゃ、『エッチ禁止』って云ったのは俺のほうだけど。まさか、こんなに長く続いちゃうことになるなんて……。

「…どこ行くんだ？」

週末の帰り道、俺は思わぬ方向に進んでいこうとする日高を慌《あわ》てて呼び止める。

「どこって、先輩《せんぱい》ん家《ち》だよ」

「へ？」

「何、驚《おどろ》いてんだ。昨日だって送ってやっただろ」

「そうだけど…でも…」

いつもなら、週末はまっすぐ日高のマンションに行って、そのまま泊《と》まるのが決まりになってたじゃないか。なのに家に送っていくだなんて……まさか、今日が何曜日か忘れてるってことはないよな？

「ほら、行くぞ」

「ちょ…ちょっと待って！」

背を向けて歩き出した日高に驚いて、俺は思わず手を伸《の》ばして奴《やつ》の腕《うで》を摑《つか》んだ。

すると、日高は微《かす》かに苦い表情を浮《う》かべて振《ふ》り向き、次の瞬間《しゅんかん》、俺の手から逃《のが》れるようにして体を退《ひ》いてしまったのだ。

――あ…また？

あの約束を交《か》わしてしまった日からずっと、俺はこうして触《ふ》れる度に日高に避《さ》けられていた。掠《かす》める度に引っ込められる指先。一緒に歩いていても微妙《びみょう》に広がっていく距離《きょり》。そして、逸《そ》らされてばかりの視線。

それも日が経《た》つにつれて、過剰《かじょう》というか、酷《ひど》くなっているような気がする…。

「何？」

「…何でも、ない。歩くの早いなって」

胸に渦巻《うずま》く不安を口に出せなくて、俺は咄嗟《とっさ》に、当たり障《さわ》りのない言葉を選んでしまう。

「そうか？　悪い」

日高は短い言葉のあと、少しだけ歩くペースを落としてくれた。だけど、やはり方向を変えようとはしてくれなくて。俺は仕方なく、日高の影《かげ》を踏《ふ》むようにして後ろから続いて歩いていく。

……日高の奴、本当に俺のこと家に送っていくつもりなんだ。

「………」

二、三日もしないうちに、日高のほうから降参してくるだろうと思ってたのに、今日でもう十日が経とうとしてる。
もちろん約束通り、キスもエッチもあれから全然していない。

でも、約束は守られているのに……何となく、面白《おもしろ》くないのはどうしてなんだろう…？

「じゃあ、また月曜日な」

だけど家に着いた途端《とたん》そう云《い》って、くるりと背中を向けて行ってしまった日高を、俺は黙《だま》って見送るしかできなかったんだ…。


——そんなこんなで。

ひとつも状況《じょうきょう》が変わらないまま、学校は夏休みを目前に控《ひか》えたテスト週間に突入《とつにゅう》してしまった。

内部の大学推薦《すいせん》を狙《ねら》っている俺にとって、この時期の期末テストはかなり重要で。勉強が忙《いそが》しいこともあって、結局、ぎこちなくなった日高との関係を、全く修復できていなかったりした…。

でも、テストさえ乗りきってしまえばこっちのものだよな。

終わるまでは…と思って我慢《がまん》してたけど、明日からはテスト休みに入るし、日高のマンションに押し掛《か》けたって、もう何の支障もないはず。

そう思って、俺は日高が迎《むか》えにくるのを待ちきれずに、終了《しゅうりょう》のチャイムと同時に二年のクラスへと向かった。

このまま変に気まずいのも良くないし、ちゃんとあいつと話しあって、今度こそ『エッチ禁止令』を解いて――――…。

「あれ、辻井先輩《せんぱい》。そんなに慌ててどうしたんですか？」

意気込みながら階段を上っていると、突然《とつぜん》、背後から声を掛けられた。

「え？」

振り向くとそこには、風紀委員会の後輩《こうはい》が立っていた。

確か、日高と同じクラスだった気がする。

「あ、うん、ちょっと……」

日高を迎えにきたなんて云うのも憚《はばか》られて、俺は言葉を濁《にご》してしまう。

「日高なら廊下《ろうか》にいましたけど」

「――――う…」

何でわかるんだろう…？

付き合ってることは遼一以外に内緒《ないしょ》にしてるから、バレてないはずなのに……。まさか俺、そんなに顔に出てるのか？

い、いやそんなわけないよな！

きっと、学年が違《ちが》うのに一緒《いっしょ》にいたりするから、目立ってるだけに決まってる。

「誰《だれ》かと話してたみたいだから、まだ教室の前にいるんじゃないですか？」

「あ、ありがとう。行ってみるよ」

だけど、そう云って後輩と別れたあと、階段を上りきって廊下の角を曲がった俺は、ふいに目に入ってきた光景に、思わず足を止めてしまった。

「え？」

廊下の窓に寄り掛かるあの後ろ姿は、間違《まちが》いなく日高、だよな…。

でも、何であの時の一年――水越と一緒にいるわけ⁉

「…………」

――そうだ、そう云えば日高の奴《やつ》、あのラブレターの返事はどうしたんだろう。

最近、色んなことがありすぎて、すっかり忘れてたけど、あいつ…ちゃんと断ったんだろうか？　まさか、それとも……。

一気に頭の中が嫌《いや》な考えに支配されていき、竦《すく》んだ足は動こうとしてくれない。

そうやって生徒が行き交《か》う中、立ち竦んでいると、ふいに水越と目があった。

「⁉」

水越は一瞬《いっしゅん》、勝ち誇《ほこ》ったような顔でこちらを見ると、すぐに可愛《かわい》らしい表情を作って日高に視線を戻《もど》す。

いったい…何で…？

「日高先輩、僕この前――」

確かに俺に気付いたはずなのに、水越は日高に知らせようともせず、これ見よがしの甘い声で、あいつの腕《うで》に縋《すが》りつく。そして、それを拒《こば》もうともしない日高……。

「……っ」

俺は目の前のその光景に、頭にカッと血が上ったような気がした。

腹の辺りから込み上げる、重たくて淀《よど》んだ熱。喉《のど》の奥がカラカラに渇《かわ》いて、上手く唾《つば》さえ飲み込めない。

何で、どうして……俺のことは拒むくせに、水越なんかには黙って触《ふ》れさせてるんだよ…。

確かに水越は評判以上に可愛くて、俺なんかがいくら足掻《あが》いたって、比べものにならないのはわかってる。

でも、日高……。手紙の返事だって面倒《めんどう》くさそうにしてたし、俺が云わなきゃ破り捨てようとさえしてたじゃないか！

……あのとき、返事をしろなんて云わなきゃよかった。そうだよ、あのまま手紙を破ってしまえば、返事だって――。

「………あ…」

俺は、不意に胸を過《よ》ぎった醜《みにく》い嫉妬《しっと》と悪意に満ちた感情に、はっと我に返る。

――なんて酷《ひど》いことを考えてるんだろう…俺……。

嫉妬が自分をこんなふうに変えてしまうものだなんて思いもしなかった。今までの感情すべてが、偽善者《ぎぜんしゃ》ぶった嘘《うそ》のように感じて、居たたまれない。

でも……これ以上見ていたら、もっと酷いことを叫《さけ》んでしまいそうだ……。

「…う…っ」

そうして俺は、込み上げそうになる嗚咽《おえつ》を無理矢理飲み込むと、くるりと向きを変え、校舎を駆《か》け出したのだった。


まっすぐ家に帰る気にもなれなくて、俺は電車を途中《とちゅう》で降りてしまった。

学校と家の中間地点にある繁華街《はんかがい》。

いつもは日高と一緒に来ることが多いこの場所に、一人で来たのは久しぶりだ。

「…どうしようかな」

降りたはいいけど………時間を潰《つぶ》せるところなんか思いつきやしない。

食欲なんかないし、風紀委員の俺がゲーセンなんかに行くわけにはいかないし。

「…本屋にでも行くか…」

こんなとき、あいつなら気の利《き》いたところに連れていってくれるんだろうけど。

「あれ？　忍くん？」

「？」

誰かに呼ばれたような気がして、俺は辺りを見回してしまう。

気のせい、じゃないよな？　今、確かに『忍くん』って……。

「こっち、こっち」

こっち？

振《ふ》り返った俺の目に入ったのは、柔《やわ》らかそうなふわふわのライトブラウンの髪《かみ》を風に靡《なび》かせて、にこやかに微笑《ほほえ》む綺麗《きれい》な人。

間違いようもなく、篠原冬弥《しのはらとうや》さんだった。

「…冬弥、さん」

「久しぶり」

冬弥さんはウチの大学部の二年生で、日高の…昔の恋人《こいびと》。

俺と日高は初めの頃《ころ》、この人のお陰《かげ》で散々仲を引っ掻《か》き回されて大変な思いをしたのだ。だから、一時は警戒《けいかい》して近づかないようにしてたんだけど、最近はこうやって声を掛けてくれる冬弥さんを、俺はついつい無視することができなくなってしまっている。だって普通《ふつう》に付き合えば、いい人なんだよね…。

「どうしたの？　珍《めずら》しいね、今日は日高と一緒《いっしょ》じゃないんだ」

「ええ、まあ…」

訊《き》かれた質問に言葉を濁《にご》すと、冬弥さんは僅《わず》かに微笑みを引っ込めた。

「もしかして、聞いちゃいけないこと聞いちゃった？」

「いや、その――」

どうしよう、気を遣《つか》わせちゃったかな…。

だけどそうは思っても、俺は上手い云《い》い訳を見つけることができない。

「まあ、いいや。そんなことより、お昼は食べた？」

「は？　それは……まだ、ですけど…」

いきなりの話題転換《てんかん》に面喰《めんく》らってしまう。

「だったら俺に付き合わない？　一人で食事しても味気ないし、せっかくならカワイイ子と一緒がいいしね」

「は、はあ…」

「じゃ、行こうか」

食欲がないのは変わらなかったけど、断る隙《すき》も与《あた》えられなくて。俺は結局、促《うなが》されるままについて行くことになってしまったのだ。

和風の落ち着いた雰囲気《ふんいき》の店なのに、慣れていないせいでちっとも落ち着けない…。

見るからに高そうなお店に連れてこられてしまった俺は、その雰囲気にさっきから啞然《あぜん》としていた。

席に座ってこっそり辺りの様子を窺《うかが》うと、ＯＬ風の女の人とか、スーツ姿の男の人とかが目に入ってくる。

俺、お金払《はら》えるのかな…？

さりげなく値段を気にすると、『奢《おご》るから気にしないでいいよ』『ランチだから安いし』と、摑《つか》みどころのない笑顔《えがお》でかわされてしまった。

「美味《おい》しくない？」

「そんなことないです。…すいません、ちょっと食欲がないだけで…」

ご馳走《ちそう》になるからには残したら失礼になると思って必死に口へと箸《はし》を運ぶけれど、やっぱり体のほうは正直で。なかなか食事は喉《のど》を通ってはくれない。

あーっ、俺のバカ！　奢ってくれる相手に、不快な思いさせてどうするんだ…。

「――ねぇ」

すると、冬弥さんは手にしていた箸を置き、俺に向かって優《やさ》しく微笑みかけてきた。

「悩《なや》み事があるなら、おにーさんに話してごらん？」

「えっ……」

「気になることがあって、ご飯どころじゃないって顔してるよ？　原因は日高？」

バレてるし……。

本当に、俺は考えてることが顔に出やすい質《たち》なのかもしれない。

「話しちゃえば、すっきりするってこともあるだろうし、ね？」

どうしよう…でも、いくら何でも迷惑《めいわく》なんじゃ……。

「信用ならない？」

「そ、そんなことは」

「これでも、口は堅《かた》いほうなんだけど。それに、恋愛《れんあい》ごとなら、少しくらい力になれると思うよ？」

冬弥さんのふわりと花がほころんだような笑顔を見ていると、何もかも話してしまいたくなる。

話してもいいものだろうか？

確かに、恋愛ごとに関して相談できるような友達を俺は持ってない。冬弥さんならそういうことに長《た》けてそうだし。

少しだけ——話を聞いてもらうくらいなら、いいだろうか……？

「ね？」

「…あ…の、実は——」

その優しい笑顔に後押しされるようにして、俺は恐《おそ》る恐る胸の内にわだかまる不安を言葉にし始めてしまった。

告白してきた一年生のこと、成りゆきでしてしまった約束のこと、さっき見てしまった光景のこと。

話せば話すほど、俺は自分が醜《みにく》い気持ちを抱《かか》えていたことに気付かされていく。

「……バカみたいですよね。全部、自分が原因なのに」

嫉妬《しっと》したり、不満に思ったり、不安になったり。どう考えたって身勝手すぎる。

「それで、君はどうしたらいいかわからないでいるんだ？」

「…はい」

力なくコクリと頷《うなず》くと、冬弥さんはあっさりとこう告げた。

「そうだね。触《ふ》れてもらえないことがそんなに気になるなら、まずは自分から誘《さそ》ってみたら？」

「さっ…!?」

誘うって、俺がっ!?

「そ、そんなことできません！」

自分からなんて、そんなことできたら今頃《いまごろ》こんなに悩んでないよ…っ。

だけど冬弥さんは、飽《あ》くまで平然と云《い》う。

「できるよ。やったことないから、できないって思い込んでるだけ」

「…でも…」

そりゃ、冬弥さんなら簡単にできるのかもしれないけど、俺には絶対に無理に決まってる。

「だって、その約束は君がもういいって云うまでの効力なんだろ？　だったら簡単だよ。君から仕《し》掛《か》ければいいんだ」

「それは、そう…ですけど……。でも、もしそれで拒《こば》まれたら…」

それこそ、拒絶《きょぜつ》されたときのことを考えるだけで怖《こわ》くなる。

もしも、あの瞳《ひとみ》で冷ややかな視線を送られたらと思うと、体が畏縮《いしゅく》して血の気が退《ひ》いていく。

「君は、その一年生と日高が二人でいるのを見て、面白《おもしろ》くなかったんだろう？」

「…はい…でも…」

俺に、そんなことを思う資格があるんだろうか？　確かに、俺は日高と恋人《こいびと》同士かもしれない。でもだからって、それだけであいつの気持ちを俺が縛《しば》り付けるわけにはいかないし……。

「どうしてそんなに自信がないかなぁ…」

煮《に》え切らない返事ばかりしている俺にそう呟《つぶや》くと、冬弥さんは急に声のトーンを下げた。

「——放《ほう》っておいたら、彼に取られちゃうかもよ」

「!!」

意地の悪い口調に、俺は息を飲む。

「それでもいいなら、このまま指をくわえて見てるしか…」

「よくないです！」

反射的に云い返した俺に、冬弥さんはくすりと笑う。

「だよね？　それに、やらずに後悔《こうかい》するよりいいんじゃないかな？」

「俺にできるのかな…」

「心配することないって。どうせ君に誘われたら、日高は嫌《いや》って云えないに決まってる。大丈夫《だいじょうぶ》、絶対に上手くいくって。この俺が云うんだから間違《まち》《が》いないよ」

そう云うと、冬弥さんは今度こそにっこりと笑って頷いてくれた。

——そう、だろうか…？

自信満々に云われると、不思議とできないと思い込んでいた気持ちが、少しずつ解れてくる。

「あ……、でも、どうやって…」

「そんなの簡単だよ。あいつのこと押し倒《たお》して、乗っちゃえばいいんだから」

「はあ…」

押し倒して乗る……って云ったって、体格差が結構あるんだけどなぁ。

「まあ、あとは押しの一手かな。だいたいの男は、それで流されてくれるけど」

「……やってみます」

自信はないけど、チャレンジしてみないことには始まらないもんな。

でも、押し倒されて流されちゃうのは、冬弥さんが相手だからなんじゃ？

そう簡単に、俺がやって成功するとは思えないんだけど……。

「あの、それで——」

具体的に、そのあとはどうしたらいいのかと訊《き》こうとした、そのとき。

「忍先輩《せんぱい》っ⁉」

静かな雰囲気《ふんいき》には程遠《ほどとお》い声が、店の入り口から聞こえてきた。

——…日高⁉

振《ふ》り向くと、俺たちの姿を見つけた日高が、こちらへ向かって勢いよく歩いてくる。

「……どうして、ここに……」

そんな俺の疑問は、冬弥さんがすぐに解消してくれた。

「俺が呼んだんだよ」

いつの間に⁉

「さっき、電話で呼び出しておいたんだけど、さすがに早かったなぁ」

感心したような口ぶりで、他人事《ひとごと》みたいに云わないで欲《ほ》しい…。

「…何のつもりだよ」

「お前が忍くんを貸してくれないから、自分で誘《さそ》っただけだけど？」

日高の凄《すご》みなんか意にも介《かい》さず、冬弥さんは悠然《ゆうぜん》と微笑《ほほえ》んだ。

その途端《とたん》、日高の不機嫌《ふきげん》なオーラが増した気がして。俺はその様子に口も出せず、冷や冷やしながら見つめてしまう。

「余計なこと吹《ふ》き込んでないだろうな…」

「余計なことって？」

冬弥さんは小首を傾《かし》げて訊き返してくる。

「…っ」

逆に問い返された日高は、ぐっと言葉に詰《つ》まってしまった。

「相談なら、されてたけどね」

「と、冬弥さん⁉」

ちょ、ちょっと待って！

まさか、日高にバラしちゃうつもりじゃないよね⁉

焦《あせ》っていると、俺の顎《あご》に冬弥さんの白い指先がするりと滑《すべ》った。

な…何……？

くっと顔を持ち上げられて、意味深な視線に晒《さら》されてしまう。

「日高なんかやめて、俺にする？」

「え？　え？」

あまりに綺麗《きれい》で妖艶《ようえん》なその笑《え》みに、俺はつい狼狽《うろた》えてしまった。

「気安く触《さわ》るな…っ」

日高は動揺《どうよう》する俺の腕《うで》を掴《つか》み上げ、無理矢理立たせたかと思うと、後ろから羽交《はが》い締《じ》めにするかのように抱《だ》きしめてくる。

「ひ…日高…？」

どう…しちゃったんだ…？

――あんなに、俺に触ること避《さ》けてたくせに…。

「この人は俺のだ。誰《だれ》にも渡《わた》さない」

「――」

久しぶりの腕の感触《かんしょく》と、背中に触《ふ》れる体温、それに身近で感じる息遣《いきづか》いにドキドキする。

でもドキドキしてるのに、どこか安心してる自分もいて、俺はじわりと熱くなっていく胸の内に、正直泣きたくなった。

「行くぞ」

日高は俺の手を掴んだまま、周囲の目も構わず外へと引っ張っていこうとする。

「えっ？　ちょ、ちょっと待っ…」

まだ、冬弥さんに相談に乗ってもらったお礼も云えてないのに…っ。

何とか体を捩《ねじ》って振り返ると、冬弥さんはひらひらと手を振ってこう云った。

「頑張《がんば》ってね」

「あ、あのっ！　ありがとうございました！」

店のドアが閉まる寸前、ようやくそれだけは告げることができた、けど…。

「…………」

「…………」

店を出たあと、日高はむっつりと黙《だま》り込んだままだった。振り解《ほど》くこともできないくらい強く握《にぎ》り込まれた手は、じっとりと汗《あせ》ばんできている。

「あのさ…日高……？」

遠慮《えんりょ》がちに声を掛《か》けると、日高ははっとした様子で立ち止まった。

ずっと手を握ったままになっていたことにようやく気付くと、日高は気まずそうな表情を浮《う》かべて、ぱっと俺の手を離《はな》してしまう。

「あ…悪い…」

苦々しく呟《つぶや》く日高の言葉が、胸に重くのしかかる。

「……ううん、別に…」

次第《しだい》に薄《うす》らいでいく、日高の温《ぬく》もり。

いつもなら人がいる場所で手を繋《つな》ぐなんて、恥《は》ずかしくて嫌《いや》だけど、今だけは離さないで欲しかった。手なんか、ずっと繋いでくれててもよかったのに…。それとも、もう俺と手を繋いでいるのも嫌なのか？

『——この人は俺のだ』

でもさっき、日高は確かにそう云ってくれたよな。

…そうだよ。悪い方にばっかり考えることないじゃないか。

よし！　せっかく相談に乗ってくれた冬弥さんとだって約束したんだし。俺からちゃんと日高に云わなきゃ——。

「日高」

再び歩き出そうとする日高の背中に、俺は思い切って声を掛ける。

「今日、泊《と》まってもいい？」

たったこれだけのことなのに、緊張《きんちょう》のせいか喉《のど》がカラカラになってしまう。

「…………」

だけど、俺の最大限の意思表示に、ピタリと立ち止まった日高は、背中を向けたまますぐには振《ふ》り返ろうとはしなかった。

ドクンドクンと早鐘《はやがね》を打つ心臓の音だけが耳に大きく届いてきて、返事を待つ間が異様に長く感じられる。

「明日休みだし、行ってもいいだろ…?」

返事を待ちきれずに言葉を重ねると、日高は少しだけこちらを振り返った。

「……ああ…」

よかった…断られなかった……。

俺はそのことに安堵《あんど》して、それきり言葉を発しない日高の隣《となり》に並んだのだった。


——なのに。

どうしてお前は、俺に何もしかけてこないんだよっ!

泊まりに来たってことは、どういうことだかくらいわかるだろ!?

そりゃ、態度はちょっとぎこちなかったかもしれないけれど、俺としては最大級の勇気を振り絞《しぼ》ったって云うのに……。

このままじゃ、何もなく朝が来ちゃうじゃないか。

「………う…」

結局、日高は早い時間に『寝《ね》る』と云《い》って、さっさと一人で寝室《しんしつ》に引っ込んでしまったのだ。

しかも、きっちりと客間の仕度《したく》を済ませたあとで!

「おやすみ」

「お、おいっ、本当に寝るのか⁉」

慌《あわ》てて俺は、背中を向けてベッドにごろりと横になった日高の肩《かた》を揺《ゆ》すってみる。

「まだ寝るには早いと思うんだけど……」

「……先輩《せんぱい》は起きてていいから」

「そうじゃなくて」

「テスト勉強で疲《つか》れたんだ。頼《たの》むから寝かせてくれ。ベッドも用意してあるだろう」

肩に置いた手を鬱陶《うっとう》しそうに払《はら》われて、俺はカチンときた。

昼間はあんなふうに云ってたくせに、今更《いまさら》その態度はないだろ……！

「——絶対、寝かせない」

俺は、ベッドサイドの明かりをぱちんとつけ、日高の布団を捲《まく》り上げる。

そして、背中を向けていた日高の体をシーツに押し付けると、その上に跨《また》がるようにしてのしかかった。

「…忍先輩《せんぱい》……？」

瞠目《どうもく》する日高を他所《よそ》に、俺は奴《やつ》のTシャツに手を掛ける。

「おい、何を……」

「いいから、黙ってろってば！」

イライラしながら、俺は日高を一喝《いっかつ》した。

捲り上げたTシャツを頭から抜《ぬ》いてしまおうとするけれど、抵抗《ていこう》する日高のせいでなかなか上手くいかない。

「やめろって、何考えてんだ！」

「訊《き》かなくったってわかるだろっ」

ヤケになって云い返すと、日高は俺の両手を捕《つか》まえて、体を少しだけ起こした体勢で低く唸《うな》る。

「禁止だったんじゃないのかよ？」

「……あれはもう取り消し」

呟《つぶや》くように云うと、俺は啞然《あぜん》とする日高の手を振り払い、今度はスウェットのウエストを引っ張った。

「おい！　ちょ…っ、ちょっと待てよ！」

必死に俺の行動を押し止めようとしてくる日高に、悲しいようなムカつくような変な気分になってしまう。

「やっぱり、俺じゃ…嫌《いや》なのか……？」

「は？　やっぱりって、何のことだよ？」

「――だってお前、俺のこと避《さ》けてたんだろ？」

「それは……」

日高の表情が曇《くも》った。思った通りあれは無意識じゃなくて、故意だったんだ。

「目だって逸《そ》らすし、触《ふ》れさせてもくれないし…なのに、あの一年には触《さわ》らせやがるし……」

「忍先輩…？」

じわ…と熱くなってきた目頭《めがしら》を、たくし上げた日高のTシャツの胸元《むなもと》に押し付ける。

自分勝手なことを云っている自覚はあったけれど、言葉も涙《なみだ》も、俺はもう止めることができなかった。

「あいつが、お前に触ってるの見て、物凄《ものすご》く腹が立ったんだ」

「…………」

「……日高は…俺のものなのに…」

不安よりも先に、煮《に》え立つような嫉妬《しっと》が体の中で渦巻《うずま》いて。嵐《あらし》のように暴れ回る感情に、俺はあのとき、神経が焼き切れてしまいそうだった。…それで耐《た》えきれなくなって、俺はあそこから逃《に》げ出したんだ。

「……バカだな」

しばらく黙《だま》ったあと、日高は少しだけ苦笑《くしょう》を漏《も》らし、俺の頭をそっと撫《な》でてくる。

「わっ、悪かったなっ！　俺だって、自分でそう思っ――」

「云えばよかったんだ」

「え？」

何で、そんな当たり前のことをって感じの口調に、俺は拍子抜《ひょうしぬ》けしてしまう。

「あいつの前で『こいつは俺のもんだ』って云ってくれればよかったんだ」

驚《おどろ》いて顔を上げると、真剣《しんけん》な表情の日高と正面から目があった。そして、すぐにばつが悪いとでも云うような表情をして、ふいっと俺から目を逸らす。

「あんたとの約束だったし、あの一年にはとっくの昔に断りを入れてる。なのに勝手につきまとってきやがるから、こっちだって迷惑《めいわく》してんだよ」

「え…？」

「多分、俺が珍《めずら》しく直接断ったりなんかしたから勘違《かんちが》いでもしてるんだろ。仕方ないから、シカトすんのが一番だと思って特に構わずにいたんだ」

「あ…ご…ごめん……」

俺が返事しろなんて云ったせいで、日高に迷惑が掛かるなんて思ってもみなかった。

日高の気持ちや考えを聞こうともせずに自分の云い分ばかり押し付けるなんて最低だ。

「俺、自分勝手なことばっか考えてた。もし、あの手紙を書いたのが俺だったら、読まれもせずに捨てられるなんて悲しすぎるって思って…」

「謝らなくていい。あんたがお人好《ひとよ》しなのは、元から知ってる」

「でも…」

日高は苦笑しながら、俺の頬《ほお》に指を滑《すべ》らせる。

「ま、あれはすぐどうにかするから、先輩《せんぱい》は心配すんな。それに誤解してるようだけど、避けてたんじゃなくて……我慢《がまん》してただけだ」

……我慢？

「う……そ……」

てっきり、エッチもさせないから俺に愛想尽《つ》かしてるのかと思ってたのに……。

俺がぽかんとしていると、日高はうんざりした様子でため息をついた。

「あんた…俺をただのケダモノだと思ってないか？」

「い、いや、そんなことは…」

ごめん……ちょっと思ってたかも。

「ちょっとでも触ったら、気持ちが緩《ゆる》みそうだったから自粛《じしゅく》してたんだ。でも、二週間はさすがに辛《つら》かった」

「日高…」

「——なのに、そんな誤解されてたとは、俺も信用ないもんだな」

「ご…ごめん…」

ジロリと責めるような視線を向けられて、さすがの俺も小さくなって謝る。

でも、あんなにいつもと違《ちが》う態度取られたら誰《だれ》だって心配になったりしないか？

「…ま、俺も悪かったよな。本当は、今日泊《と》まりたいって云《い》われたとき、先輩がその気になってることに薄々勘《うすうすかん》づいてたんだ。なのに、気付かないふりしたしさ」

「何でそんなこと…？」

「ちゃんと言葉で云わせたかったからに決まってるだろ」

その前に体当たりで来られて驚いたけどな、と日高はニヤリと笑う。

ようやくその言葉に、俺は日高に乗っかったままだったことを思い出した。

うわっ、よく考えたらこの格好って、ちょっと恥《は》ずかしいものなんじゃ……。

「で、これの続きはしないのか？　今度は大人しくしててやるから、好きにしろよ」

「…っ⁉」

続きって、もしかして……⁉

「で、できるわけないだろ！」

さっきはムカついて意地になってたからできたんであって、我に返っちゃった今、やれって云われても無理に決まってる。

「できるだろ？　ほら、早く。脱《ぬ》がせるんじゃなかったのか？」

「うー……」

「したくないんなら、別にいいけど？」

ムカつく…。

「……わかったよ。やればいいんだろ！」

余裕綽々《よゆうしゃくしゃく》の態度が癪《しゃく》に障《さわ》って、俺はついムキになって云ってしまった。

意を決して日高のTシャツに再び手を掛《か》け、浮《う》かせてくれた体から引き抜《ぬ》くと、ささやかな明かりの下、逞《たくま》しい胸板《むないた》が露《あらわ》になった。

「それで？　このあとはどうするんだ？」

「どうするって……」

この先は考えてなかった。それに、冬弥さんだって、押し倒《たお》して乗ったあとのことまでは教えてくれなかったし。でも、売り言葉に買い言葉で返しちゃったあとじゃ、そんなこと、今更云えない…。

「それとも、焦《じ》らそうってつもりとか？」

いかにも楽しげに次々と訊《き》いてくる日高に、俺はまたもやカッとなってしまう。

くそぉ…ごちゃごちゃ云われると、もっと混乱してくるだろってんだ！

「もう、黙《だま》ってろよ！」

俺はいつも日高が使う手段で、強引《ごういん》に黙らせることにした。

がしっと頭を押さえると俺は体を屈《かが》ませて、無駄口《むだぐち》の減らない日高の唇《くちびる》を自分のそれで塞《ふさ》いでしまう。

「……っ」

予想してたことなのか、日高は少しも驚いた様子を見せようとしない。

腹が立つ。こっちは必死だってのに、なんだよその余裕はっ！

俺は意地になって角度をずらすと、口づけをもっと深くした。

「……ん……」

招き入れられるように開いた唇の隙間《すきま》から、舌先を滑《すべ》り込ませると、その熱い感触《かんしょく》にゾクゾクとした震《ふる》えが背筋を走る。

そうだった…よく考えてみれば、キスだって二週間ぶりだし。

こうして、触《ふ》れることだって……。

「ふ…っ」

指先を日高の髪《かみ》に絡《から》ませながら遊ばせると、ようやく日高の体がピクリと反応した。

だけど、日高が舌を絡め取ろうとしてきた瞬間《しゅんかん》——俺は、ゆっくりと口づけを解き、奴《やつ》の首筋に唇を滑らせる。

「……ッ」

不満そうに鳴らされた喉《のど》の辺りをちゅっと吸い上げ、俺は日高に自分の痕跡《こんせき》を小さく残していく。辿《たど》り着いた鎖骨《さこつ》を甘噛《あまが》みすると、微《かす》かに日高の体が揺《ゆ》れた。

——俺にだって、このくらいできるんだからな！

でも、感じてくれてるのかと思ったのに。

「見事に俺と同じ手管だな」

そう云《い》って、日高はくすくすと笑いやがったのだ。

「笑わなくたっていいだろっ」

さっきから、自分の弱点と同じ場所ばかりを責めてしまっていることは、俺だって自覚はしていた。

……だって、仕方ないじゃないか。俺はこれしか知らないんだから。

「悪い、笑うつもりはなかったんだけど」

――嬉《うれ》しくて、と耳元に甘い声が吹《ふ》き込まれる。

「俺しか知らないんだな、って思ったらニヤけるだろ、やっぱ」

な、なんだそのオヤジ発言は⁉

「……っ」

カーッと赤くなってしまった顔を見られたくなくて、俺は慌《あわ》てて俯《うつむ》いた。

「いちいち…余計なこと云うなっ」

そうやって意識されてるかと思うと、緊張《きんちょう》で動きがぎこちなくなってしまう。

続きをしようとしてるのに、愛撫《あいぶ》というよりは、まるでじゃれてるみたいにしかならなくて。

どんなに唇や指先を滑らせても、日高の肌《はだ》はさらりと乾《かわ》いたままだった。

「なあ…。いつまで、そうしてるつもりなんだ？」

おもむろに言葉を発されて、俺は嫌《いや》な予感をしながら顔を上げる。

「一生懸命《いっしょうけんめい》なところ悪いんだけど、そろそろこっちもどうにかしてくれよ」

「！」

手を摑《つか》まれて導かれた先には、既《すで》に熱を持ち始めた日高のものがあって。

「焦らしてばっかじゃ、いつまで経《た》っても終わらないだろ」

「べ、別に…っ」

焦らしてるつもりは…ないんだけど…。

今の努力も、日高にはあんまり効果がなかったのか…と俺はガックリする。

やっぱり経験の差は大きいよな…俺、日高としかエッチしたことないし。

だけどそんな初心者の俺に、日高はとんでもないことを云いやがった。

「どっちでもいいぜ？　手でも口でも」

「な……っ⁉」

何云ってるんだと云い返そうかとも思ったけど、ここで引き下がるのも悔《くや》しくて。

俺は一度大きく深呼吸をしたあと、体をずらして、日高の中心へと体を屈めた。そして、さっき脱《ぬ》がし損《そこ》ねたスウェットのウエストに手を掛けると、下着ごとそれを引き下ろす。

「やけに、積極的だな」

「うるさいっ！」

もう絶対に、その口黙らせてやる！

からかう口調に腹が立ち、そう意気込んだ俺は、取り出した日高の欲望を持ち上げると、思い切って先端《せんたん》を口に含《ふく》む。

ゆっくりと飲み込んでいくと、日高が小さく喉を鳴らすのが聞こえた。

「ん……っ」

だけど、喉を突《つ》くその大きさを、全《すべ》て飲み込むことはできなくて。

俺は一旦《いったん》唇《くちびる》を離《はな》すと、届かない部分に指を絡めながら、そこ以外に唾液《だえき》をまぶすようにして舌を動かすことにした。

「……ぅ……ん……」

歯を立てないようにと注意を払《はら》い、一心に唇と舌を遣《つか》うと、口の中のそれはぐんと嵩《かさ》を増していく。

「前より上手くなったんじゃないか？」

口に入り切らなくなった昂《たかぶ》りを、今度は根元から舐《な》め上げると、日高は俺の髪をくしゃりと撫《な》でながら云った。

実は、こうして口でするのはまだ二度目で、上手くなったかどうかなんて自分じゃわからない。でも、冗談《じょうだん》めかして云う日高の語尾《ごび》が少しだけ揺れていたのを、俺は聞き逃《のが》さなかった。

――感じてくれてるんだ。

そう思った途端《とたん》、まだ何もされてないというのに、俺は体の奥に火がついてしまったのがわかった。

舌に触《ふ》れる感触《かんしょく》や上顎《うわあご》で起こる摩擦《まさつ》で、体の芯《しん》に震《ふる》えが走る。

どうしよう……体が熱い……。

ズン、と重くなった下腹部がもどかしくて。俺は我慢《がまん》しきれなくなってしまう。

そろそろと右手を伸《の》ばし、疼《うず》く中心に触れてみると、すでにそこは勃《た》ち上がりかけていた。

「……」

ちょっとくらいなら…バレないよな…。

だけど、そう思ってこっそりと指を動かした、そのときだった。

「…何してるんだ？」

「…っ！」

――見つかった……。

俺は恥《は》ずかしさのあまり、カアァッと顔が熱くなる。

固まっていると、体を起こした日高に、俺はくいっと顔を持ち上げられた。そうして、唾液と体液でべとべとになった唇を親指で拭《ぬぐ》われてしまう。

「しゃぶってるだけで、我慢できなくなったんだ？」

「ちが……ん…」

その親指を唇の中に押し込まれ、指先に付いたものを無理矢理舐め取らされた。

「いつの間にそんなイヤらしい体になったんだ？」

「これは…っ……」

云《い》い訳なんか無意味だってわかっているのに、俺はどうしても取り繕《つくろ》う言葉を探してしまう。

「自分から俺のことを誘《さそ》っておいて、一人でしようとするなんて……それじゃルール違反《いはん》だろう」

「——わっ」

日高は俺の体を引き上げると、いとも簡単に体勢を入れ替《か》え、俺を体の下に組み敷《し》いた。おまけに、その勢いのまま着ていたものを全て剝《は》ぎ取られてしまう。

「選ばせてやるよ。最後まで自分でするのと、お仕置きされるのと——どっちがいい？」

「そん…な……」

なんだよ、それはっ!!

どっちを選んだって、俺が辛《つら》いのには変わりないじゃないか……。

「さっさと選べよ。選べないなら、選択拒否《せんたくきょひ》とみなして両方だぜ？」

「…うっ」

ニヤニヤと笑いながら返答を迫《せま》る日高。

どうしよう…でも、一人でする恥ずかしさに比べたら、もう一つを選んだほうがマシ、なのかもしれない。

それに、答えなかったらもっと酷《ひど》いことをしてくるに決まってる。

日高って、そういう奴《やつ》なんだよな……。

「………される、ほう」

渋々《しぶしぶ》と云うと、日高は足りないって顔を俺に向けてきた。

「ちゃんと云えよ」

云うまで許さないって態度で、言葉にすることを強《し》いてくる。

「それとも、やっぱり両方したいのか?」

んなわけないだろうが!

うーっ!　云えばいいんだろ云えば!!

「…お…仕置き……して……」

憤死《ふんし》ものの勢いで、俺は半ば自棄《やけ》になりながら、屈辱《くつじょく》の台詞《せりふ》を口にした、なのに。

「…………」

な、なんで黙《だま》ってるんだよ!

……やっぱり、云うんじゃなかった。今すぐ穴を掘《ほ》って、埋《う》まってしまいたい。

「――いい覚悟《かくご》だ」

だけど次の瞬間《しゅんかん》、ニヤリと笑った日高の表情を見た俺は――更《さら》に、云わなければよかったと後悔《こうかい》に駆《か》られたのだった…。

「も……、やだ……っ」

そう云って弱々しく頭を振《ふ》ると、目尻《めじり》に溜《た》まっていた涙《なみだ》の粒《つぶ》が頬《ほお》を零《こぼ》れ落ちていく。

さっきからずっと、全身が溶《と》け出してしまいそうなほどの快感を与《あた》えられているというのに、俺は一度としてイカせてもらえてはいなかった。

「っぁ、ぁあ…っ、んんっ…！」

ぐずぐずに蕩《とろ》け、幾度《いくど》となく擦《こす》り上げられた内壁《ないへき》。最奥を突《つ》き上げられる度《たび》に、体の中で暴れ狂《くる》う熱の塊《かたまり》。

自分で弄《いじ》ってしまいたくても、自ら足を開かされ、両手で折り曲げた膝《ひざ》の裏を抱《かか》えさせられているような状態では、それもできなくて。

「んぅ…っ、あ……ぃや、あぁッ」

腰《こし》を揺《ゆ》すられると、中に注ぎ込まれた体液がかき混ぜられ、ぐちゅぐちゅといやらしい音が聞こえてくる。

ぐりぐりと弱い部分ばかり責められて、俺は頭がおかしくなりそうだった。

「――まだだ」

「やぁ…っ！」

だけど、こうやってイキそうになる度にその動きはぴたりと止まり、弾《はじ》けそうになる昂《たかぶ》りの根元は、きゅっと指で締《し》め付けられてしまう。

「……お…ねが…っ、イカ…せてっ……」

「ダメだって云ってるだろ」

もどかしさに懇願《こんがん》をしても、返ってくるのは非情な言葉ばかりで。快感の波に溺《おぼ》れながら、俺は日高にしがみつくことしかできない。

「お仕置きして欲しいって云ったのは、先輩《せんぱい》じゃないか」

「…っ……だって、あれは…っ」

云いたくて云ったわけじゃないっ。お前が無理矢理云わせたんだろうが！

だけど、睨《にら》み付けようとする隙《すき》さえも与えずに、日高は一旦《いったん》退《ひ》いた腰をゆっくりと俺の中に押し戻《もど》す。

「あ…ぁ、あ、あ……っ」

中の粘膜《ねんまく》がその形に拡《ひろ》げられ、その熱を離《はな》すまいと貪欲《どんよく》に絡《から》み付くのが自分でもわかった。

「もう忘れたのかよ？」

云いながらぷつりと固くしこった胸の突起《とっき》を舐《な》め上げられ、俺はビクンと体を撓《しな》らせた。

「だっ…て、もうダメ…、ヘンに…なっちゃう…し…っ」

その甘い声音にすら震《ふる》える体を耐《た》えられず、俺は日高に向かって必死に訴《うった》える。

「でも俺は、二週間も我慢《がまん》してたんだぜ？」

知らずに浮《う》かんでくる涙を舐め取られ、柔《やわ》らかく唇《くちびる》を啄《ついば》まれる。そんな優《やさ》しい仕草が、ますます俺を駄目《だめ》にしていった。

「そ…なの…、俺…だって…っ」

触《さわ》って、キスして……本当は、ずっとずっと、日高に抱《だ》いて欲しかったんだ。

自分から『エッチ禁止』なんて云ったくせに、そんなこと云うなんておこがましいのはわかってる。

でも、本当に俺……。

「…何でもするから……許して……？」

潤《うる》んだ瞳《ひとみ》で見上げると、日高は一瞬《いっしゅん》息を詰《つ》め、それからゆっくりと嘆息《たんそく》した。

「――…そこまで云うなら、仕方ないな」

そう云って、埋め込んだ欲望をギリギリまで引き抜《ぬ》いた日高に、俺はすぐに高い位置から抉《えぐ》るようにして熱の塊を穿《うが》たれた。

「その言葉、忘れるなよ？」

「やぁっ、あ、あ…っ」

与えられる刺激全《しげきすべ》てが快感に変わる。

ガクガクと揺さぶられ、勃《た》ち上がった中心に触《ふ》れられただけで、もう――。

「ああぁ……っ！」

目の前が白く弾けたのと同時に、張り詰めていた昂りは、ビクビクと白濁《はくだく》を吐《は》き出してしまう。そして、つられてキツく締まった内部に、今日何度目かの熱を感じた。

「……く……っ」

「ひだ…か……っ」

名前を呼ぶと、少し荒《あら》い息を吐きながら、日高は俺の目をまっすぐに見つめてきた。

内部では、放出したばかりの日高のそれが、また硬度《こうど》を取り戻そうとしてるのがわかる。

「もう、キツイ？」

強引《ごういん》に無茶苦茶なことしたくせに、最後はこうやって心配そうにするなんて、やっぱりこいつ、ずるい……。

そう思った途端《とたん》、胸がズキンと音を立てて痛んだような気がして。

「……もっと、して……」

その日高の切なげな眼差《まなざ》しに、俺は無意識にそう呟《つぶや》いていた……。

4

かなりぐっすりと眠《ねむ》ったはずなのに、目が覚めても疲労困憊《ひろうこんぱい》した体は、まだ回復しきってはくれない。

――疲《つか》れた。

「………」

「……あんなこと云うんじゃなかった」

俺は昨晩の出来事を思い返し、自分の行動、発言、全てを後悔《こうかい》していた。

いくら誘《さそ》ったのは俺でも、こんなに体を酷使《こくし》させられるとは思ってもなかった…。

して欲しいとは思ったけど、いくらなんでも限度ってものがあるだろう？

「昨日みたいに先輩からしてくれるなら、たまに我慢するのもいいかもな」

頭を抱《かか》える俺とは逆に、日高はしゃあしゃあとそんなことを嘯《うそぶ》いてくる。

「次はいつまで我慢すればいい？」

「もう、そんなことしなくていい！」

どうせ、そのあと好き放題するつもりでいるくせに。

我慢してた分、まとめて返されるくらいなら、普段《ふだん》通りのほうがよっぽどマシだ！

「じゃあ、もう俺の好きにしていいってことだよな？」

「ふ…っ、ふざけたこと云うな！　そういう意味じゃない!!　って…コラ！　朝っぱらから押し倒《たお》すな！」

昨日の晩、どれだけしたと思って――。

「んぐ…っ、んんん〜〜」

押さえ付けて無理矢理、キスしてくる日高の頭を、俺は握《にぎ》った拳《こぶし》で思いっきり小突《こづ》いてやる。

「てっ」

「いい加減にしろっ、昨日のじゃ足りないって云うのか！」

あんだけねちっこく、人のこと虐《いじ》めやがったくせに……。

もう、気が狂《くる》うかと思ったんだぞ!?

「二週間分には程遠《ほどとお》いだろ」

二週間分って……そりゃ、一晩でそれだけするのは無理に決まってるんじゃ……。

「まさか……本当にまとめてするつもりじゃ……」

「しばらくテスト休みだし、夏休みだって目の前だろ。立てなくても、俺が世話してやるから心配いらない」

「ばっ…馬鹿野郎《ばかやろう》！」

むしろ、そっちのほうが心配だろうが！

ちょっと待て。まさかこいつ、本気で云ってるのか…？

怖々《こわごわ》と様子を窺《うかが》うと、日高はキリリと表情を引き締《し》めた。

「それに、何でもするって約束だろ？　覚悟《かくご》しとけよ。今日は離《はな》してやらないからな」

真面目《まじめ》な顔で宣言され、俺は顔色をなくしてしまう。

マジで勘弁《かんべん》して欲しい……。

だって、これ以上されたらいい加減、俺絶対に死んじゃうよ！

「もう、やだっ!!」

「先輩《せんぱい》、好きだぜ」

そうして、じたばたと逃《に》げようとする俺を腕《うで》の中に収めて、日高は満足げに微笑《ほほえ》んだのだった。

——ちなみに俺は、もう二度と『エッチ禁止令』なんか出すものか、と心に誓《ちか》ったのは云うまでもない……。

禁欲の裏側で

Kinyoku no Uragawa de

◇

「これで一件落着、かな？」

ようやく静けさが訪《おとず》れた店内で、俺は誰にも聞こえないような声でぽつりと呟《つぶや》いた。

いつ注意をしようかとハラハラした顔でこちらを見ていた店員も、ほっとした様子で各自の持ち場に戻《もど》っていったし、興味津々《しんしん》といった様子だったお客さんたちの話題も、もう次のものに移っているようだ。

俺は頬杖《ほおづえ》をついて、小さくため息をつく。

本当はもうちょっと、忍《しのぶ》くんと喋《しゃべ》ってみたかったんだけどなぁ……。

まあ、いいか。携帯《けいたい》番号を聞き出すことには成功したんだし、またそのうち食事に誘《さそ》ってみようっと。

街で忍くんを見つけたとき、本当は声を掛《か》けずにそのまま行ってしまおうかとも思ったんだけど、あまりに沈《しず》んだ面《おも》持ちに一瞬《いっしゅん》、彼の姿が少し前の俺——一人で悩《なや》んで、無闇《むやみ》に落ち込んでいた頃《ころ》の自分に重なっちゃったんだよね……。

悩めば悩むほど頑《かたく》なになって、相手の気持ちを考える余裕《よゆう》もなくなって。何もかもが不安で信じられなくなっていったあの頃の自分。

最終的にキレてしまったというか開き直ってしまったせいで、不安がどうとかって問題じゃなくなっちゃったけど、あの子の場合そういう展開になることはないだろうからなぁ。

——なんて思ってたら、放《ほう》っておくことができなかったんだ…。

でも、さっきの二人の様子だったら、これからもきっと上手くいくはずだ。

ちょっとお節介《せっかい》すぎたかもしれないけど、丸く収まったんならよしとしよう。

「用は済んだのか？」

食後のお茶を啜《すす》っていると、目の前の席に断りもなく誰《だれ》かが無造作に腰《こし》を下ろしてきた。

「あ……」

そういえば、そうだった。

この店でこいつ——芹沢《せりざわ》と待ち合わせしてたんだっけ？

「まったく、人を呼び出しておいてその態度だからな。忘れてたんじゃないだろうな？」

「そんなことないよ。まだかなって思ってたところだって。でも、いつの間に来てたの？」

実は今ちょっとだけ忘れてました、なんて云ったら怒《おこ》るだろうから、俺は芹沢の問い掛けをさらりと否定した。

忍くんに気を取られてたからって、こんな目立つ男が店に入ってきたのに気付かないなんてあり得ない。もしかして、俺より先に来てたわけ？

「お前がちょうど席を立ったときだよ。すぐそこの席にいたのに、戻《もど》ってくるときも気付かないんだからな」

なるほど、俺が席を外して日高に電話を掛けにいったときか。

指で示された席は、今俺たちが座ってるボックス席の真後ろだった。

「だったら、声掛けてくれればよかったのに」

「気付くかと思ったんだ」

「あのねえ……背後の気配なんかで気付くわけないだろ。無茶云わないでよ」

席と席の間には高めの仕切りがあるせいで、誰が座ったとしても見えない。さっき席に戻るときにスーツの袖《そで》だけはちらりと見えたような気もしないでもないけど、いくら俺だって腕だけで芹沢だと、判別できるわけがないじゃないか。

「そもそも、いたいけな高校生なんかと一緒《いっしょ》にいるところを声なんか掛けられるか」

「まさか、疑ってたの……？」

そこまで疑《うたぐ》り深いとしたら軽蔑《けいべつ》に値《あたい》する。

俺は訝《いぶか》しげな視線を向けた。

「バカ云え、彼がお前の好みじゃないことくらい見ればわかる」

それなら、何をそんなに不機嫌《ふきげん》になってるんだか。

「そんなに放っておいたのが気に食わないわけ？」

「別にそうとは云ってないだろう」

「……もう。子供じゃないんだから、拗《す》ねないでよ。仕方ないでしょ、思い詰《つ》めた顔してふらふらしてるあの子を見つけちゃったんだから。見過ごせると思う？」

「――――」

――今度はだんまり。

答えに詰まるとすぐこれなんだから。

おまけにこうなったら、もうお手上げなんだよなぁ。

だけど、俺だって悪かったなぁとは思ったからフォローくらいしてやろうとしてるのに、芹沢がこの態度じゃ取りつく島もないじゃないか。

「……もう食い終わったんだろう？　出るぞ」

芹沢のほうも自ら歩み寄るつもりもないようで、テーブルの上に置いてあった俺たちの分の伝票を手に取ると、さっさと会計に向かってしまった。

「はいはい。もう、せっかちだなあ……」

今日の待ち合わせは、俺から云い出したものだった。

知り合いが開いている個展を見にいくついでに、色々と買い揃《そろ》えたいものもあったし、どうせだからたまには芹沢を自分から誘《さそ》ってみようかと思ったんだけど。

どうしてそんなに機嫌が悪くなるかなぁ。

確かにちょっと変わっちゃったけど、このあとの予定に変更《へんこう》はないんだから、そんなに怒るほどのことでもないと思うのは俺だけ？

「ごちそーさま。何？　まだ拗ねてるの？」

会計を終えて店の外へと出てきた芹沢は、まだご機嫌斜《なな》めなままだった。

他《ほか》の人が見れば普通《ふつう》の顔にしか見えないんだろうけど、取り巻く空気とか微《かす》かに寄った眉間《みけん》の皺《しわ》が芹沢の気持ちを代弁している。

「――かなり入れ込んでるみたいだったからな」

なんだよ、それ…。

ここまで来ると、悪いなっていう思いより呆《あき》れた気分になってくるんですが。

俺はため息をつきながら、駐車場《ちゆうしやじよう》へと歩き出した芹沢のあとを追い掛けた。

「仕方ないだろ？　前に迷惑《めいわく》かけちゃったから、そのお詫《わ》びみたいなもんだってば」

「その割には随分《ずいぶん》とお節介《せつかい》を焼いていたじゃないか。お前にしては珍《めずら》しく」

その云い方にカチンときた。拗ねてるところまでは許せたけれど、当てつけのように詰《なじ》られては、見過ごすわけにはいかない。

「誰《だれ》かさんと違《ちが》って、忍くんは純粋《じゆんすい》で可愛《かわい》いしね」

「そうだな、誰かさんみたいに捻《ひね》くれてはなさそうだったな」

「……誰のことを云ってるのかなあ？」

「さあな。お前こそどうなんだ」

「胸に手を当てて考えてみたら？」

「一人しか思い浮《う》かばないな」

お互《たが》いに引こうとはせず、淡々《たんたん》とオブラートに包んだ言葉を投げ付け合う。

延々と続く皮肉の応酬《おうしゅう》。

だけど、最終的に音を上げたのは俺のほうだった。

「――もういい、帰る」

こんな雰囲気《ふんいき》で出掛《でか》けたって、楽しいはずがない。

俺は口喧嘩《くちげんか》するために、あんたを呼び出したわけじゃないんだからな。

「どこに帰るんだ？」

「どこって……」

無理矢理ああいうことしておいて、そういうこと訊《き》いてくるんだ？

――俺から『帰る』場所を奪《うば》ったくせに！

「冬弥《とうや》」

強い口調で名前を呼ばれた俺は、キッと芹沢を睨《にら》み返してやる。

この二ヶ月間、毎日のように『一緒に暮らそう』と云ってくる芹沢を、俺は何とかかわしてはいたんだけど。つい先日――痺《しび》れを切らしたこの男は、俺が大学に行ってる間に人の荷物を持ち出して、勝手に自分の家に全部移してしまったのだ。

さすがの俺もまさかこいつがそんな暴挙に出るとは思わなかったから、かなり驚《おどろ》きはした。

とは言え、それに関しては俺も『一緒に暮らしてもいいかな』と思いつつ、素直《すなお》になれなくてOKを出すタイミングを失ってたところもあったから、許したって云うのに……。

……こんなふうに云われるなんて、冗談《じょうだん》じゃない！

「出ていく。あの程度のことくらいで機嫌損《そこ》ねるような心の狭《せま》い人間と、俺は付き合う趣味《しゅみ》はないし」

束縛《そくばく》されるのも悪くはないけど、物には限度というものがある。見当違いのことで機嫌を損ねられたって、俺にはどうすることもできないんだから。

「心が狭くて悪かったな。お前の昔の男をこう何度も見せつけられて、気分がいいわけないだろう」

「はい？」

今、何て云った……？

「……あとから来たあいつとも、付き合ってたんじゃないのか？」

「何で知ってるんだよ⁉」

確かに日高とは半年くらい付き合ってたことはあるけれど、芹沢に云ったことは一度もないし、もちろんその事実を知っている奴《やつ》は芹沢の知り合いにいないはず…。

ってことは、もしかして……調べたとか？

「見ればわかる。それに、お前の好みは把握《はあく》してるって云っただろう？」

「あ……そう……」

何だ、そんなことか。焦《あせ》らせないでよ、もう……。

「それに、気に入った相手以外、携帯《けいたい》にナンバーを残していないお前が、あいつを携帯で呼び出してたってことは、ナンバーを残すほどは気に入ってる相手ってことじゃないのか？」

「鋭《するど》いご推察で……」

確かにその通りだったけど。

そこまで俺のことを理解してなくたっていいんじゃないの？　と思わずにはいられない。

「まだ気があるから、ああやってちょっかい出してるんだろう？」

「…………」

あれ…？

詰られてることにはさっきと変わりがないけれど、苛々《いらいら》とした口調に聞き覚えがあるような気がする……。

「それとも宗旨《しゅうし》替《が》えして、ああいういたいけな子に手を出すようになったのか？」

これって、もしや……。

「……あのさ」

「何だ」

「もしかして、日高にヤキモチ焼いてたの……？」

俺の勘違《かんちが》いじゃなければ、そういうことなんだろう。

このところずっとこいつの機嫌《きげん》がよくて忘れてたけど、前にもこんなことがあったっけ。

「だったら、どうだって云《い》うんだ」

「わ、開き直ってる」

芹沢が指摘《してき》を素直に認めたことにびっくりして、俺は目を瞬《しばた》いた。

「悪いか」

「ううん、別に」

――何だ……。

だったら、初めからそう云えばいいのにバカだなぁ。

拗《す》ねていた理由を知ってしまえば、芹沢が可愛《かわい》く見えてくる。下降気味だった気分が一気に上昇《じょうしょう》していった。

「わかった。今日は俺が謝っとく、ごめんね」

噴き出してしまいそうになるのを必死で抑《おさ》え、俺は芹沢に謝った。

「冬弥…？」

「これで機嫌直してよ」

通りから陰《かげ》になる場所へと芹沢の腕《うで》を引いて連れていき、背伸《せの》びをしてその唇《くちびる》へと触《ふ》れるだけのキスをした。

「それだけか？」

「……足りないわけ？」

「当たり前だろう」

「この贅沢《ぜいたく》もの」

やれやれと思いつつも、応《こた》えてしまうのはどうしてなんだろう。

ホントに、俺も甘すぎだよな……。

芹沢の肩《かた》に掴《つか》まり、体重を掛《か》けるようにすると体が傾《かし》ぎ、すぐ後ろにあったフェンスにカシャン、と背中が当たった。

腰《こし》を引き寄せられ、一層キスが深くなる。

「んっ」

無遠慮《ぶえんりよ》に入り込んできた舌が、執拗《しつよう》に口腔《こうこう》を蹂躙《じゆうりん》してきた。ざらりと舌の表面が擦《す》れ合い、ゾクリと背筋に電流のようなものが走る。

ヤバい……腰にきた……。

「んんー……っ」

もう離《はな》せという意思表示に、芹沢の髪《かみ》を軽く引っ張ってみたけど、終わらせようという気配もない。

それどころか、ますますキツく抱《だ》きしめてくる始末だ。

調子に乗りすぎ！

いつまでしてるつもりなんだよ…っ。

息苦しさに俺は芹沢の体を押し返し、大きく息を吸い込んだ。

「もうお終《しま》い。いい加減、機嫌直っただろ？」

「まだだ」

「は？　何云って……」

まだって、人からあんなキス奪《うば》っておいて何云ってるわけ!?

「買い物も個展も中止だ。……ここからなら家のほうが近いな」

「なに……？」

芹沢は独り言を云いながら、俺を車まで連れていくと有無《うむ》を云わせず助手席に押し込んだ。

そして自らも運転席に座り、エンジンを掛ける。

「ねえ、何なんだよ一体」

「何って……仲直りするときは、乗っかってくれるもんなんだろう？」

そう、真顔で返してくる。

「話まで聞いてたの!?」

「仕方ないだろう、勝手に聞こえてきたんだ」

さっきの話が全部聞かれてたとなると、俺はだいぶ手の内を敵に見せてしまったことになるよな……?

「もう終わってから帰る必要もないんだ。後始末は任せて好きに乗ってくれ」

……この、オヤジ…。

その態度のどこが機嫌が直ってないって?

そうツッコんでやりたかったけれど、口ではかなわないことは目に見えてる。

「――楽しみにしてるよ」

「っ…黙《だま》れよっ!」

こうなったら、絶対に泣き言を云わせてやる。

未《いま》だに芹沢に負けっぱなしの俺は、今度こそ勝ってやると心に誓《ちか》うのだった。

あとがき

はじめましての方も、そうじゃない方もこんにちは、藤崎都《ふじさきみやこ》です。

ちょっと前に前回のあとがきを書いたばかりなので、何を書いていいのか悩《なや》みますね…。

あっ、そうそう、急にあたたかくなってきたと思ったら、庭の桜がもう開き始めていました。

今年こそは（強調）お花見ができるといいなぁ…。


さて、内容についてなんですが。

今回も前回の『挑発トラップ』に引き続き、冬弥がメインのお話となっております。慣れない恋愛《れんあい》にやきもきしている話……を書き始めたつもりだったのですが、何故《なぜ》か彼は誘《さそ》い受《うけ》を通り越《こ》して、襲《おそ》い受になってしまいました…（何でだろう…）。

でも、漢《おとこ》らしい（?）受は書いていて楽しかったです。芹沢も最後までヤラれっぱなしではないので、その辺りにも注目してやって下さいね。

また、後半部には『恋愛トラップ』『欲情トラップ』のキャラクターの忍と日高の短編も収録されております。冬弥の話とも繋《つな》がっておりますので、併《あわ》せて楽しんで下さいませ。

そして、今回も蓮川愛《はすかわあい》先生にはうっとりものの美しいイラストをつけていただきました。モノクロのほうの色っぽいイラストも素敵《すてき》でしたが、表紙で冬弥がユキとお揃《そろ》いの鈴《すず》付きのリボンが巻かれているところも可愛《かわい》くて、つい見入ってしまいます。本当に素晴らしいイラストをありがとうございました〜!!

毎度のことながら、ご迷惑《めいわく》をお掛《か》けした担当様には深くお詫《わ》び申し上げます(平伏)。いつもいつもスイマセン、本当に……。

最後になりましたが、お手紙を下さった皆様《みなさま》、ありがとうございました! なかなかお返事が書けなくて申し訳ありません…。ですが、どのお手紙も大事に読ませていただいております。よろしければ、あなたのご感想もお聞かせ下さると嬉《うれ》しいです。

ではでは。この本を最後まで読んで下さいましてありがとうございました!

またいつか、貴方《あなた》にお会いできますように。

二〇〇四年三月

藤崎　都

快感《かいかん》トラップ
藤崎《ふじさき》　都《みやこ》

角川ルビー文庫　R78-8　13325

平成16年5月1日　初版発行

発行者――井上伸一郎
発行所――株式会社角川書店
東京都千代田区富士見2-13-3
電話/編集(03)3238-8697
営業(03)3238-8521
〒102-8177　振替00130-9-195208
印刷所――暁印刷　製本所――コオトブックライン
装幀者――鈴木洋介

ISBN4-04-445509-0　C0193　定価はカバーに明記してあります。